OHANASHI KOUPEN CHAN

おはなし！コウペンちゃん

きみに会《あ》いにきたよ！

コウペンちゃんとお友《とも》だちしょうかい

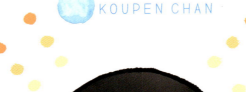

KOUPEN CHAN

コウペンちゃん

へなちょこでもふもふな
コウテイペンギンのあかちゃん。
いっぱいいて、どこにでもいる。
お魚《さかな》が好《す》きだけど、おいしいものは
なんでもたべる。
のんびり釣《つ》りをするのも好《す》き。
感激屋《かんげきや》さんで
すぐ感激《かんげき》してしまう。
親《おや》・きょうだいは不明《ふめい》。
性別《せいべつ》も不明《ふめい》。

しょうかい文《ぶん》◆るるてあ

OTONA NO PENGUIN SAN

大人《おとな》のペンギンさん

大《おお》きくてつるんとした大人《おとな》のペンギン。
コウペンちゃんとの関係《かんけい》は不明《ふめい》。
どこにでもいて、誰《だれ》にでもやさしい。
近《ちか》寄《よ》るとなでなでしてくれる。
空《そら》を飛《と》ぶことをまだあきらめていない。

ADELIE SAN

アデリーさん

目《め》つきが わるくて気性《きしょう》が荒《あら》い。
せっかちだけど、意外《いがい》と親切《しんせつ》。
足《あし》が速《はや》い。
料理《りょうり》上手《じょうず》な
一面《いちめん》もある。

SHIROKUMA SAN

教《おし》えてくれるタイプの シロクマさん

とても大《おお》きくて物知《ものし》りなシロクマ。
知《し》っていることを教《おし》えてくれる。
お家《うち》に帰《かえ》ればごはんがあるから、
ペンギンたちのことは
食《た》べない。

YOKOSHIMAENAGA SAN

邪《よこシマ》エナガさん

邪悪《じゃあく》（？）なシマエナガさん。

小《ちい》さくて丸《まる》くてふわふわ。

かっこうつけたがりなお年頃《としごろ》で、悪《わる》そうなしゃべり方《かた》をしているものの、ついついやさしさがにじみ出《で》てしまう。

夢《ゆめ》は世界征服《せかいせいふく》。

おはなし!

コウペンちゃん

きみに
会《あ》いに
きたよ!

もくじ

おはなし！　コウペンちゃん

きみに会いにきたよ

深山くのえ／著
るるてあ／キャラクター原作・イラスト

★小学館ジュニア文庫★

本《ほん》を読《よ》んで
えらい！

第《だい》1話《わ》

わたしの、色《いろ》

知《し》ってる人《ひと》が、いない。

中学校《ちゅうがっこう》に入学《にゅうがく》して、そろそろ一《いっ》か月《げつ》。

登校《とうこう》して、自分《じぶん》の席《せき》に着《つ》いて、周《まわ》りを見《み》まわすたびに、そう思《おも》う。

一《いっ》か月《げつ》近《ちか》く経《た》ってるけど、知《し》ってる人《ひと》がいない。

クラスの人《ひと》たちの名前《なまえ》は、だいたい憶《おぼ》えた。顔《かお》と苗字《みょうじ》が一致《いっち》するくらいには、何《なん》となく。

でも、わたしは誰《だれ》ともしゃべらない。

話《はな》しかけてくる人《ひと》はいないし、わたしからも話《はな》しかけない。

用《よう》があれば話《はな》す。プリント回収《かいしゅう》してるから椿《つばき》さんも出《だ》して、とか、椿《つばき》さんはモップがけと窓《まど》ふき、どっちがいい？　とか、その程度《ていど》。わたしも、わかった、とか、モップがけのほう、とか、返事《へんじ》はする。でも、それ以上《いじょう》の会話《かいわ》は続《つづ》かない。

無視《むし》されてるわけじゃないし、わたしも無愛想《ぶあいそう》にしてるつもりはない。

でも、新学期《しんがっき》最初《さいしょ》の一週間《いっしゅうかん》くらいのうちに、友達《ともだち》を作《つく》りそこねると、こんなものなんだと思《おも》う。

小学校《しょうがっこう》のときは、友達《ともだち》はたくさんいた。自分《じぶん》から友達《ともだち》を作《つく》るのが得意《とくい》っていうわけじゃなかったけど、新《あたら》しいクラスになっても、何《なん》となく友達《ともだち》はできてた。

保育園《ほいくえん》から知《し》ってる子《こ》がいたり、学年《がくねん》が上《あ》がっても、前《まえ》のクラスの友達《ともだち》とまた同《おな》じクラスになったり、っていうように、まるっきり知《し》らない人《ひと》がいないわけじゃなかったのが、大《おお》きかったんだと思《おも》う。

でも、中学校《ちゅうがっこう》は違《ちが》った。

学区《がっく》の関係《かんけい》で、わたしが通《かよ》ってた小学校《しょうがっこう》の、卒業生《そつぎょうせい》の進学先《しんがくさき》は、三《みっ》つの中学校《ちゅうがっこう》に分《わ》かれた。わたしと同《おな》じ中学校《ちゅうがっこう》に進《すす》んだ人《ひと》は、三《みっ》つの中《なか》で一番少《いちばんすく》なくて、しかも、小学校《しょうがっこう》のときに仲良《なかよ》くしてた友達《ともだち》は、同《おな》じ中学校《ちゅうがっこう》に二人《ふたり》しかいなかった。

その二人《ふたり》とは、よりによって、クラスがすごく離《はな》れてしまった。わたしが一組《いちくみ》、二人《ふたり》が四組《よんくみ》と五組《ごくみ》、っていうふうに。隣《となり》のクラスなら、休《やす》み時間《じかん》にちょっと遊《あそ》びにいけたのに。

でも、入学《にゅうがく》から何日《なんにち》かして、昼休《ひるやす》みに遊《あそ》びにいったら、二人《ふたり》とも、もうそれぞれ新《あたら》しい友達《ともだち》ができてて、わたしが声《こえ》をかけられる雰囲気《ふんいき》じゃなくなってた。それで、ちょっと遊《あそ》びにいくのも、無理《むり》になってしまった。

思《おも》いきって、近《ちか》くの席《せき》の子《こ》にでも、声《こえ》をかければよかったのかもしれない。

けど――

「……」

だんだん人《ひと》が増《ふ》えてきて、ざわざわする教室《きょうしつ》で、わたしは朝《あさ》のホームルームが始《はじ》まるまでの時間《じかん》つぶしに、家《いえ》から持《も》ってきた文庫本《ぶんこぼん》を開《ひら》いた。

もう何度《なんど》か読《よ》んだ本《ほん》だから、読《よ》むっていうより、文字《もじ》を目《め》で追《お》ってるだけ。

下《した》を向《む》くと、文字《もじ》だけじゃなく、肩《かた》にかかった自分《じぶん》の髪《かみ》まで視界《しかい》に入《はい》る。

黒《くろ》くない、赤茶《あかちゃ》けた髪《かみ》。

これは生《う》まれつき。

学校《がっこう》の先生《せんせい》からも、クラスメイトからも、近所《きんじょ》の人《ひと》からも、染《そ》めてるの？　って何度《なんど》も訊《き》かれたことがあるけど、一度《いちど》も染《そ》めたことなんてない。ハーフなの？　ともよく訊《き》かれるけど、そういうわけでもない。そもそもハーフの人《ひと》だって、髪《かみ》の色《いろ》はいろいろだと思《おも》う。

染《そ》めてるだろう！　って怒《おこ》る先生《せんせい》もいたけど、わたしと同《おな》じ髪《かみ》の色《いろ》のお母《かあ》さんが学校《がっこう》に来《く》ると、だいたい納得《なっとく》してくれた。お母《かあ》さんも生《う》まれつきだから、苦労《くろう》したらしい。

クラス替《が》えがあるたび、この髪《かみ》は必《かなら》ず注目《ちゅうもく》される。

もちろん、中学校《ちゅうがっこう》に入《はい》ってからも。


「……」

ホームルームまであと何分《なんぷん》だろうと思《おも》って、顔《かお》を上《あ》げた。時計《とけい》を見《み》る。あと七分《ななふん》。

何《なに》げなく、教室《きょうしつ》の前《まえ》のドアのほうを見《み》てしまって――わたしは、あわてて顔《かお》を伏《ふ》せた。

ドアの前《まえ》で、女《おんな》の子《こ》たちが何人《なんにん》か固《かた》まって、おしゃべりしてた。その中《なか》の一人《ひとり》と、目《め》が合《あ》ってしまったんだ。

……また飯田《いいだ》さんだ。

高校生《こうこうせい》かなって見《み》えるくらい背《せ》が高《たか》くて、ちょっと目立《めだ》つ子《こ》。何《なん》でかよく目《め》が合《あ》って、そのたびににらまれるから、正直《しょうじき》、苦手《にがて》なんだ。

ちゃんとしゃべったことはない。ないけど、入学《にゅうがく》から二日目《ふつかめ》の帰《かえ》りぎわに、話《はな》しかけられたことはある。——その髪《かみ》、地毛《じげ》？って。

訊《き》かれるのは慣《な》れてるから、染《そ》めてないよ、地毛《じげ》だよ、って答《こた》えようとしたら。

飯田《いいだ》さんの後《うし》ろを通《とお》りがかった子《こ》が、わたしを見《み》て、大《おお》きな声《こえ》で叫《さけ》んだんだ。

——えー、すごーい！　めっちゃ染《そ》めてるー！

廊下《ろうか》だったから、ものすごく響《ひび》いて。

近《ちか》くにいた人《ひと》が全員《ぜんいん》、わたしを振《ふ》り返《かえ》って。

そうしたら、大声《おおごえ》で叫《さけ》んだ子《こ》が、さらにわたしを指《ゆび》までさして。

——えー、中学《ちゅうがく》デビューってやつー!?　ヤバーイ、親《おや》とかよく許《ゆる》してくれたねー！

もう、わたしが染《そ》めてるものって、決《き》めつけてて。

親《おや》、って言《い》われて、頭《あたま》が真《ま》っ白《しろ》になった。

お母《かあ》さんは、わたしの髪《かみ》のことで誰《だれ》かから何《なに》か言《い》われるたびに、お母《かあ》さんと同《おな》じ髪《かみ》の色《いろ》に生《う》んじゃってごめんね、リホのせいじゃないんだよ、って悲《かな》しそうにわたしに謝《あやま》ってたから。

お父《とう》さんも、大人《おとな》になったら、髪《かみ》のことでいちいち言《い》われることもなくなるよ、リホもお母《かあ》さんもきれいな髪《かみ》だよ、ってなぐさめてくれてたから。

だから、わたしも思《おも》わず叫《さけ》んでた。

——染《そ》めてない!! 生《う》まれたときからずっとこの髪《かみ》だ!!

響《ひび》いた自分《じぶん》の声《こえ》に、自分《じぶん》ではっとして。

でも、もう遅《おそ》かった。

染《そ》めてないよ、って軽《かる》く言《い》えばいいだけだったのに。

あたりがしーんとして、気《き》まずい感《かん》じになって。

わたしの髪《かみ》を染《そ》めてるって決《き》めつけた子《こ》は、すぐに指《ゆび》を引《ひ》っこめて、急《きゅう》に弱々《よわよわ》しく肩《かた》をすぼめて、ヤバーイ、こわーい、って言《い》って、走《はし》って逃《に》げていった。

最初《さいしょ》に地毛《じげ》かどうか訊《き》いてきた飯田《いいだ》さんは、わたしをじろっと見《み》て、ふーん、染《そ》めてないんだ、ってつぶやいたけど、その表情《ひょうじょう》は、疑《うたが》ってるみたいだった。

廊下《ろうか》で注目《ちゅうもく》をあびたのが恥《は》ずかしくて、わたしはそれから、すぐに帰《かえ》ったけど。

わたしの髪《かみ》を染《そ》めてるって決《き》めつけた子《こ》が、中川《なかがわ》さんっていう、同《おな》じクラスの人《ひと》だったってことに、次《つぎ》の日《ひ》になって気《き》がついた。

中川《なかがわ》さんは早速《さっそく》、椿《つばき》さんに髪染《かみそ》めてるのって訊《き》いたら、染《そ》めてないってキレられちゃってー、ってクラス中《じゅう》にふれまわってて、それから何《なん》となく、遠巻《とおま》きにされるような感《かん》じになってしまった。

クラスの中《なか》にも、わたしが怒鳴《どな》ったところを見《み》てた人《ひと》はいただろうし、キレたっていうのも、間違《まちが》ってはいないから、キレやすい人《ひと》には近《ちか》づかないでおこうってみんなが考《かんが》えても、おかしくない。

無視《むし》されてるわけじゃないし、明《あき》らかに仲間《なかま》はずれにされてるわけでもないんだけど、いまだにクラスになじめないのは、あの遠巻《とおま》きにされてる感《かん》じが、まだ続《つづ》いてるからなんじゃないかって思《おも》う。

……もう、ずーっとこのままなのかも。

やっちゃったことは、取《と》り返《かえ》しがつかない。最初《さいしょ》についちゃったイメージは、簡単《かんたん》には消《け》せない。

たぶんこのまま、一年間《いちねんかん》——もしかしたら、三年間《さんねんかん》、ひとりぼっち。

考《かんが》えたくないけど。

……早《はや》く休《やす》みの日《ひ》にならないかな。

もうすぐゴールデンウィーク。連休《れんきゅう》のあいだは、この居心地悪《いごこちわる》い場所《ばしょ》に来《こ》なくてすむんだ——

いよいよ明日《あした》から連休《れんきゅう》が始《はじ》まる、っていう日《ひ》の昼休《ひるやす》み。

わたしが机《つくえ》で書《か》きものをしてたら、急《きゅう》に手元《てもと》が暗《くら》くなった。

顔《かお》を上《あ》げると、中川《なかがわ》さんがわたしの机《つくえ》のすぐ前《まえ》に立《た》って、わたしを見下《みお》ろしてた。

「ねー、椿《つばき》さん、何《なに》してんのー？」

「えっ？　……あ、えっと……読書《どくしょ》クラブで、今度《こんど》、おすすめの本《ほん》を紹介《しょうかい》するから、その下書《したが》き……」

中学《ちゅうがく》に入学《にゅうがく》して、何《なに》かひとつ部活動《ぶかつどう》をしなきゃいけなくて、でもわたしは運動《うんどう》が苦手《にがて》だし、毎日活動《まいにちかつどう》がある部《ぶ》に入《はい》るのはいやだったから、週《しゅう》に一回図書室《いっかいとしょしつ》に集《あつ》まって、それぞれ好《す》きな本《ほん》を読《よ》むだけの、読書《どくしょ》クラブに入《はい》った。

けど、本《ほん》を読《よ》むだけじゃ交流《こうりゅう》がないからって、自分《じぶん》が面白《おもしろ》いと思《おも》った本《ほん》を、三年生《さんねんせい》から順番《じゅんばん》に紹介《しょうかい》していくことになってて、いまは二年生《にねんせい》の番《ばん》だけど、五月《ごがつ》に入《はい》ったら、一年生《いちねんせい》にその順番《じゅんばん》がまわってくる。そろそろ考《かんが》えておかなきゃって、下書《したが》きを始《はじ》めてたんだけど。

「えー、椿《つばき》さんって、読書《どくしょ》クラブなんだ？　毎日本読《まいにちほんよ》んでるもんねー」

「う、うん……」

いったい何《なん》なんだろう、って思《おも》ったら、中川《なかがわ》さんが、ニィッて笑《わら》った。

「へー、そっかぁ。じゃーねー」

「……え？」

中川《なかがわ》さんはあっというまに、わたしの机《つくえ》から離《はな》れて、女子《じょし》が何人《なんにん》か集《あつ》まってる席《せき》に戻《もど》っていく。

「見《み》てきた見《み》てきた！　ヤバイよー。めっちゃ上手《じょうず》に染《そ》めてるし。根元《ねもと》、ほっとんど黒《くろ》くないもん！」

中川《なかがわ》さんは、女子《じょし》たちに向《む》かって言《い》ったんだろうけど。

その声《こえ》は、わたしの耳《みみ》にも、ちゃんと届《とど》いた。

……まだ染《そ》めてるって思《おも》ってるんだ。

ほとんど黒《くろ》くない、って何《なん》なんだろう。まるで、ちょっとは髪《かみ》の根元《ねもと》が黒《くろ》いみたいな言《い》い方《かた》。

「……」

わたしの髪《かみ》が、ちょっとでも黒《くろ》いはずがない。だって、染《そ》めてないんだから。生《う》まれてからずっと、この色《いろ》の髪《かみ》しか生《は》えてきたことないんだから。

そう言《い》い返《かえ》してやりたかったけど、できなかった。

そんなことしたら、またキレた、こわーい、って言《い》われるに決《き》まってる。

中川《なかがわ》さんがいる女子《じょし》の輪《わ》から目《め》をそらしたら、教室《きょうしつ》の反対側《はんたいがわ》にいた、飯田《いいだ》さんと目《め》が合《あ》ってしまった。……また、にらまれた。

わたしは急《いそ》いで下《した》を向《む》いて、下書《したが》きに没頭《ぼっとう》してるふりをした。

いま、教室《きょうしつ》のあちこちで、みんながわたしの髪《かみ》のことで、ヒソヒソ話《はな》してる気《き》がする。

……明日《あした》から、休《やす》みだから。

もう少《すこ》しのがまん。

わたしは同《おな》じ文章《ぶんしょう》を書《か》いては消《け》し、書《か》いては消《け》して、昼休《ひるやす》みが終《お》わるのを待《ま》った。

ゴールデンウィーク前半《ぜんはん》の、三連休《さんれんきゅう》の真《ま》ん中《なか》の日《ひ》。部屋《へや》にいたらお母《かあ》さんに呼《よ》ばれて、リビングに行《い》くと、ヒトミおばちゃんが来《き》てた。ヒトミおばちゃんはお母《かあ》さんのお姉《ねえ》さんで、車《くるま》で二十分《にじっぷん》くらい離《はな》れたところに住《す》んでる。

「今日《きょう》ね、サエコから、これあずかってきたわよ。リホちゃんにって」

ほら、ってヒトミおばちゃんが、足元《あしもと》を指《ゆび》さした。床《ゆか》に段《だん》ボールがひとつ。

サエコちゃんはヒトミおばちゃんの娘《むすめ》で、わたしのいとこ。今年《ことし》、大学生《だいがくせい》になった。

「あ、本《ほん》？」

「そう。全部文庫本《ぜんぶぶんこぼん》だって」

サエコちゃんは本《ほん》を読《よ》むのがすごく好《す》きで、おうちにもいろんな本《ほん》がいっぱいあって、ときどきわたしに、読《よ》み終《お》わった本《ほん》をたくさんくれる。わたしが読書好《どくしょず》きになったのは、サエコちゃんにもらった本《ほん》が、どれも面白《おもしろ》かったからだと思《おも》う。

いまもサエコちゃんのおかげで、学校《がっこう》で時間《じかん》つぶしに読《よ》む本《ほん》には困《こま》らない。

「いつもありがとう、ヒトミおばちゃん。あとでサエコちゃんにも、お礼《れい》のメールする。――今日《きょう》は、サエコちゃんは？」

「連休中《れんきゅうちゅう》は、夕方《ゆうがた》までバイトなのよ。それで、自分《じぶん》で持《も》っていけないからって」

そう言《い》って、ヒトミおばちゃんはソファに座《すわ》った。お母《かあ》さんが台所《だいどころ》から、お茶《ちゃ》を運《はこ》んでくる。

「リホ、本《ほん》を上《うえ》に持《も》ってっちゃって。お母《かあ》さん、ヒトミ姉《ねえ》さんと法事《ほうじ》の相談《そうだん》があるから」

「はーい」

段《だん》ボールを抱《かか》えてリビングを出《で》て――結構重《けっこうおも》かったから、持《も》ち直《なお》そうと思《おも》って、段《だん》ボールを階段《かいだん》の途中《とちゅう》に置《お》いた。

それで、あらためて抱《かか》えようとしたとき、まだリビングのドアが閉《し》まりきってなくて、ヒトミおばちゃんの話《はな》し声《ごえ》が聞《き》こえた。

「……リホちゃん、中学《ちゅうがく》どうなの？　髪《かみ》のこと、やっぱり大変《たいへん》？　サエコも中学《ちゅうがく》は、特《とく》に大変《たいへん》だったから……黒《くろ》く染《そ》めようかとかね……」

お母《かあ》さんが何《なん》て返事《へんじ》をしたのかは、よく聞《き》こえなかった。

わたしは段《だん》ボールを抱《かか》え直《なお》して、二階《にかい》に上《あ》がる。

部屋《へや》で段《だん》ボールを開《あ》けると、文庫本《ぶんこぼん》がいっぱいに入《はい》ってた。……これはシリーズ物《もの》だ。ミステリーかな。こっちのは外国《がいこく》の翻訳物《ほんやくもの》。これはラノベ。ファンタジー系《けい》みたい。

段《だん》ボールから文庫本《ぶんこぼん》を取《と》り出《だ》して、とりあえず床《ゆか》に積《つ》んでいく。あっというまに、文庫《ぶんこ》本《ぼん》タワーが三本《さんぼん》立《た》った。

「……」

空《から》の段《だん》ボールと文庫本《ぶんこぼん》タワーをそのままに、わたしは何《なん》となく、ぼんやりしてた。

お母《かあ》さんとわたしの髪《かみ》ほど赤《あか》っぽくはないけど、ヒトミおばちゃんとサエコちゃんも、髪《かみ》が茶色《ちゃいろ》い。もちろん生《う》まれつき。

だからサエコちゃんも、中学生《ちゅうがくせい》のとき髪《かみ》のことでいろいろ苦労《くろう》したって、前《まえ》に親《しん》せきの集《あつ》まりで、誰《だれ》かが言《い》ってたのを聞《き》いたことがある。

――サエコも中学《ちゅうがく》は、特《とく》に大変《たいへん》だったから……黒《くろ》く染《そ》めようかとかね……。

黒《くろ》く染《そ》める。
……黒《くろ》く染《そ》めれば、目立《めだ》たない？
みんなと同《おな》じ髪《かみ》の色《いろ》になれば、髪《かみ》のことで、もう何《なに》も言《い》われなくなる？
言《い》ってみようか、お母《かあ》さんに。
髪《かみ》、染《そ》めてみたいって――
「……」
ぼんやりして。
そんなことを考《かんが》えてて。
だから、いつのまに、どこからそれが出《で》てきたのか、よくわからない。
気《き》がついたら、文庫本《ぶんこぼん》タワーの陰《かげ》から、小《ちい》さくて丸《まる》っこい動物《どうぶつ》が、顔《かお》を出《だ》していた。
「……え？」
何《なに》これ？　ペンギン？
短《みじか》い足《あし》でちょこまか歩《ある》いて、灰色《はいいろ》の羽《はね》をぱたぱた動《うご》かして。

文庫本《ぶんこぼん》タワーのあいだを、行《い》ったり来《き》たり。

それが、一匹《いっぴき》、二匹《にひき》、三匹《さんびき》――

「えっ？　……え？　え？」

びっくりして目《め》をこすってる間《ま》に、どんどん増《ふ》えていく。七匹《ななひき》、八匹《はっぴき》、九匹《きゅうひき》。

……あれ？

ペンギンっぽい小《ちい》さな動物《どうぶつ》は、出《で》てきたほとんどが、白《しろ》と黒《くろ》と灰色《はいいろ》の体《からだ》をしてる。

でも、その中《なか》に一匹《いっぴき》――たった一匹《いっぴき》だけ、なぜか、ピンク色《いろ》のペンギンがいた。

色《いろ》が違《ちが》う以外《いがい》は、他《ほか》のペンギンとまったく同《おな》じ。大《おお》きさも、歩《ある》き方《かた》も。

いつのまにか、ペンギンたちはタテ一列《いちれつ》になって、輪《わ》っかになったひもの中《なか》に入《はい》って、文庫本《ぶんこぼん》タワーのあいだを、縫《ぬ》うように行進《こうしん》してる。……これ、何《なん》だっけ。こういうの。あ、そうだ。電車《でんしゃ》ごっこ。電車《でんしゃ》ごっこしてるんだ。

ペンギンたちは、きゃっきゃっ、って楽《たの》しそうな声《こえ》を上《あ》げてた。ピンク色《いろ》のペンギンは列《れつ》の後《うし》ろから三番目《さんばんめ》にいて、他《ほか》のペンギンたちと同《おな》じように、楽《たの》しそうにしてる。

……何《なん》だろう、これ。

急《きゅう》に出現《しゅつげん》したペンギンの行進《こうしん》を、わけがわからないまま目《め》で追《お》ってると、先頭《せんとう》のペンギンが、文庫本《ぶんこぼん》タワーのひとつにぶつかってしまった。

タワーが、ぐらっと揺《ゆ》れる。

「あぶなっ……」

崩《くず》れかけたタワーを思《おも》わず手《て》で押《お》さえると、ペンギンたちが一斉《いっせい》に、こっちを見上《みあ》げた。

「助《たす》けてくれてありがとー！」

「ありがとー！」

はしゃぎながら、ペンギンたちが口々《くちぐち》にありがとうって言《い》う。

「ど、どういたしまして。……あの……これ、片付《かたづ》けていいかな？」

何《なん》だかよくわからないけど、また崩《くず》れたらあぶない。

文庫本《ぶんこぼん》タワーを押《お》さえながら訊《き》いたら、ペンギンたちが、また一斉《いっせい》にぴょんぴょんはね始《はじ》めた。

「片付《かたづ》けていいんだよー！」

「片付《かたづ》けられて、えらーい！」

「えらーい！」

……あっ、何《なん》か、ほめられた。

えらいなんて言《い》われたら、片付《かたづ》けないわけにはいかなくて、わたしは文庫本《ぶんこぼん》タワーを、ひとつひとつ慎重《しんちょう》に運《はこ》んで、本棚《ほんだな》の空《あ》いてるところへ並《なら》べた。

ペンギンたちは、タワーを片付《かたづ》けて広《ひろ》くなった場所《ばしょ》で、まだ電車《でんしゃ》ごっこみたいなのをしてる。……ただ歩《ある》いてるだけなのに、ほんと、楽《たの》しそう。

十匹《じっぴき》ぐらいいる中《なか》で、わたしの目《め》はどうしても、たった一匹《いっぴき》だけピンク色《いろ》のペンギンを追《お》ってた。

……気《き》にしてないのかな。

みんな灰色《はいいろ》の中《なか》の、ピンク色《いろ》。

たった一匹《いっぴき》、色《いろ》が違《ちが》うのに。

さっき、わたしは、ペンギンたちと会話《かいわ》ができてた。だったら、話《はな》しかければ聞《き》こえるはず。

「……ねえ」

声《こえ》をかけたら、電車《でんしゃ》ごっこの列《れつ》が、ぴたりと止《と》まった。

「どうして……その子《こ》だけ、ピンクなの？」

ペンギンたちは、みんなわたしの顔《かお》を見《み》て——それから、きょとんとしてる感《かん》じに体《からだ》をななめに傾《かたむ》けて、お互《たが》いを見《み》まわす。

「ピンク？」

「その子《こ》？」

「どの子《こ》？」

あれ？　……わかってない？

「ほら、その……そっちから三番目《さんばんめ》の……」

わたしが指《ゆび》をさすと、みんなようやく、あっ、っていうふうに、小《ちい》さくはねた。

「ぼく、ピンクだー！」

「ピンクだねー！」

「ほんとだ、ピンクだー！」

「ピンクだー！」

……え？　気《き》づいてなかった？

「い、いま気《き》づいたの？　いままで気《き》にならなかったの……？」

今度《こんど》はわたしが、首《くび》を傾《かし》げる番《ばん》だった。

わたしが片付《かたづ》けてるあいだも、その前《まえ》も、ずーっと電車《でんしゃ》ごっこしてたんだから、気《き》づく時間《じかん》はあったはずなのに。

「ならなかったねー」

「ならなかったよー」

「ピンクきれいだねー」

「何色《なにいろ》でもいいんだよー」

……どうして。

だって。

「わたしは……この髪《かみ》の色《いろ》じゃ、だめなのに……」

口《くち》にしたら、ひざの力《ちから》が抜《ぬ》けて、床《ゆか》にしゃがみこんでしまった。

わたしも、ペンギンならよかったのかな。

このペンギンたちの仲間《なかま》だったら、ピンクでも赤《あか》でも青《あお》でも、気《き》にしないでいてもらえたのかも――

「だめじゃないよー！」

一匹《いっぴき》がそう叫《さけ》んで、ペンギンたちが一斉《いっせい》にひもを放《ほう》り出《だ》して、短《みじか》い足《あし》を一生《いっしょう》けんめいバタバタさせて、わたしのところへ走《はし》ってきた。

「そのままのきみでいいんだよー！」

「どんな色《いろ》でもいいんだよー！」

「だめなんて言《い》わなくていいんだよー！」

バタバタと、わたしの前《まえ》で、一生《いっしょう》けんめい手足《てあし》を動《うご》かして。

……なぐさめてくれてるんだ。

なぐさめて、はげましてくれてる。

そのままのきみでいい、って。

本当《ほんとう》は、ずっと誰《だれ》かにそう言《い》ってほしかった。

髪《かみ》の色《いろ》なんて、気《き》にしなくていいって——

灰色《はいいろ》とピンク色《いろ》が、ぼやけてきた。

「泣《な》いてるの？」

「泣《な》きたいときは、泣《な》いてもいいんだよー」

……やさしいなぁ、この子《こ》たち。

袖口《そでぐち》で涙《なみだ》をふいて、ちょっと鼻《はな》をすすって、ぴょんぴょんはねてるペンギンたちを見《み》ました。

「ありがとう。……みんないい子《こ》だね」

そのままのきみで
いいんだよ〜！

「ありがとー！」

「きみもいい子《こ》なんだよー！」

灰色《はいいろ》のペンギンも、ピンク色《いろ》のペンギンも、一緒《いっしょ》になって喜《よろこ》んでる。

そのとき、お母《かあ》さんがわたしを呼《よ》ぶ声《こえ》が聞《き》こえた。

「リホー？　本《ほん》は片付《かたづ》いたのー？」

「……っ、はーい！」

あわてて返事《へんじ》をして、ペンギンたちをよけながら立《た》ち上《あ》がって、部屋《へや》のドアを開《あ》けた。

お母《かあ》さんが、階段《かいだん》の途中《とちゅう》まで上《あ》がってきてる。

「リホ、ヒトミ姉《ねえ》さんがお土産《みやげ》に水《みず》ようかん持《も》ってきてくれたから、片付《かたづ》けたらおやつにしたら？」

「う、うん。――水《みず》ようかん？」

「小倉《おぐら》とこしあんと抹茶《まっちゃ》があるよ。好《す》きなの食《た》べなさい」

「あっ、抹茶《まっちゃ》でもいい？」

「いいよ。あと本入《ほんい》れてた段《だん》ボール、使《つか》わなかったら下《した》に持《も》ってきて」

「わかった」

うなずいたら、お母《かあ》さんは一階《いっかい》に戻《もど》っていった。

お母《かあ》さんが部屋《へや》に入《はい》るのはいいんだけど、いま部屋《へや》に入《はい》って、ペンギンたちを見《み》られたら、何《なん》て説明《せつめい》すればいいのかわからない。……わたしにも、いったい何《なん》なのかわかってないし。

そういえば、何《なん》でわたしの部屋《へや》にいるんだろう。

「……あれ？」

振《ふ》り返《かえ》ったら——ペンギンたちは、いなくなってた。

「え、どこ……」

まさか、わたしの幻覚《げんかく》だったのかな。わたし大丈夫《だいじょうぶ》なのかな。

不安《ふあん》になって部屋《へや》を見《み》まわすと、輪《わ》っかになった長《なが》いひもが、床《ゆか》に落《お》ちてるのを見《み》つけた。……電車《でんしゃ》ごっこの、ひも。

まさかこれも幻覚《げんかく》かな、って思《おも》って、拾《ひろ》ってみた。……普通《ふつう》のひもだった。ちゃんと、手《て》で触《さわ》れた。

「……」

部屋《へや》の中《なか》を歩《ある》きまわってみたけど、ペンギンたちは、やっぱりいなかった。……はげましに来《き》てくれたのかな。そう思《おも》っておくことにしよう。

わたしはひもを机《つくえ》の上《うえ》に置《お》いて、空《から》の段《だん》ボールを持《も》って一階《いっかい》に下《お》りた。

リビングで、お母《かあ》さんとヒトミおばちゃんが、もう水《みず》ようかんを食《た》べ始《はじ》めてた。

「段《だん》ボールはそこに置《お》いといて。リホの水《みず》ようかん、そっちにあるよ」

「うん。いただきます」

わたしのぶんの抹茶水《まっちゃみず》ようかんは、キッチンのテーブルに出《だ》してあった。

法事《ほうじ》の相談《そうだん》はもう終《お》わってたみたいだから、わたしは水《みず》ようかんを食《た》べながら、ヒトミおばちゃんに訊《き》いてみた。

「ヒトミおばちゃん。――サエコちゃんは、髪《かみ》、黒《くろ》く染《そ》めたことがあるの？」

「んー？　ないよ。一度《いちど》染《そ》めようとしたみたいだけど、染《そ》めても何《なに》も変《か》わらないか、もっと悪《わる》くなるだろうからやめた、って言《い》って」

「……もっと悪《わる》くなる？」

水《みず》ようかんをすくうスプーンを止《と》めて、ヒトミおばちゃんを見《み》ると、ヒトミおばちゃんは、指先《ゆびさき》で鼻《はな》をつつきながら言《い》った。

「誰《だれ》のだっけ、鼻《はな》の長《なが》いお坊《ぼう》さんの話《はなし》を読《よ》んで、やめたって」

「……あっ」

あった。そんな話《はなし》。たしか、サエコちゃんが前《まえ》にくれた本《ほん》の中《なか》に。

「長《なが》い鼻《はな》のせいで、みんなにばかにされるから、お医者《いしゃ》さんに鼻《はな》を短《みじか》くしてもらったら、もっと笑《わら》われるようになって……」

「そうそう、そんな話《はなし》」

ヒトミおばちゃんは苦笑《にがわら》いして、お母《かあ》さんと顔《かお》を見合《みあ》わせた。

「リホちゃんも、染《そ》めたいって言《い》ってたの？」

「え、ううん。いま初《はじ》めてそんなこと……」

「染《そ》めないよ。染《そ》めないけど、ちょっと訊《き》いてみたかっただけ」

お母《かあ》さんがおろおろしてるから、スプーンを置《お》いて、急《いそ》いで手《て》を振《ふ》った。

「わたし、このままでいいよ。いいんだけど、えーと……あの、そろそろ髪《かみ》、切《き》ろうかなって」

髪《かみ》のことを話題《わだい》にすると、お母《かあ》さんが心配《しんぱい》そうな顔《かお》をするから、とっさにそう言《い》ってしまった。

「そういえば、リホちゃん髪《かみ》のびたよね。のばしてたの？」

「リホと私《わたし》がカットをお願《ねが》いしてた美容師《びようし》さんが、よそでお店《みせ》を持《も》って、やめちゃってね。他《ほか》の人《ひと》はちょっと合《あ》わなくて、いま新《あたら》しくさがしてるところで……」

ただの髪《かみ》の長《なが》さの話《はなし》になったら、お母《かあ》さんはほっとしたみたいだった。

「いろいろ評判《ひょうばん》も聞《き》くけど、案外合《あんがいあ》う人《ひと》をさがすのって難《むずか》しいんだよね」

「駅《えき》のほうは行《い》った？　南口《みなみぐち》から歩《ある》いて二分《にふん》ぐらいのところにある美容院《びよういん》に、サエコが行《い》ってるんだけど」

話《はな》しながら、ヒトミおばちゃんはスマホを取《と》り出《だ》して、何《なに》かの画面《がめん》を見《み》る。

「――そうそう、『クープ』っていうところ。どの人《ひと》に切《き》ってもらっても、わりといいみたいよ」

「南口《みなみぐち》のどのへん？　大《おお》きい美容院《びよういん》なの？」

「そうでもないけど、美容師《びようし》は五人《ごにん》ぐらいいるって。この水《みず》ようかんを売《う》ってる和菓子屋《わがしや》さんの、向《む》かい側《がわ》なんだけど――メモするものある？」

ヒトミおばちゃんは、美容院《びよういん》の名前《なまえ》と電話番号《でんわばんごう》と、簡単《かんたん》な地図《ちず》をメモに書《か》いてくれた。

髪《かみ》を切《き》るつもりはなかったんだけど、なりゆきで切《き》るしかなくなっちゃったみたい。

……でも、切《き》ってもいいかな。だいぶ重《おも》くなってきたし、これから暑《あつ》くなるし。

「サエコちゃんが行《い》ってるところなら、いいかも。あとで電話《でんわ》してみる。リホも髪《かみ》のびたけど、私《わたし》もそろそろ切《き》りたかったし」

「どの美容師《びようし》さんがいいか、サエコに訊《き》いておくよ。バイトが終《お》わったら、連絡《れんらく》させるから……」

お母《かあ》さんがヒトミおばちゃんから、メモを受《う》け取《と》る。

染《そ》めるんじゃなく、思《おも》いきって短《みじか》くしてみようか。

色《いろ》は、このままでいい。

ペンギンたちが、そのままのわたしでいいって、言《い》ってくれたから――


次《つぎ》の日《ひ》、サエコちゃんが行《い》ってるっていう美容院《びよういん》に電話《でんわ》したら、ちょうど空《あ》いてる時間《じかん》があったから、お母《かあ》さんと二人《ふたり》で行《い》ってみた。

お店《みせ》はわりと新《あたら》しい感《かん》じで明《あか》るくて、美容師《びようし》さんが五人《ごにん》いて、お母《かあ》さんは店長《てんちょう》さんに、わたしはサエコちゃんと同《おな》じ美容師《びようし》さんに切《き》ってもらうことになった。

「短《みじか》くしたい？　そうだねー、いまの長《なが》さだと、ちょっと重《おも》く見《み》えるかな。前髪《まえがみ》はいつもどうしてる？　このまま？　このへんでこう分《わ》けて、おでこ見《み》せたほうがかわいいと思《おも》うんだけど……」

美容師《びようし》さんと相談《そうだん》してたら、お店《みせ》のドアが開《あ》いた。

カットしてもらう席《せき》は五人分《ごにんぶん》で、わたしたちが座《すわ》ったら五《いっ》つ全部《ぜんぶ》うまってたから、次《つぎ》の予約《よやく》のお客《きゃく》さんかなって思《おも》ったんだけど。

「……あっ」

何《なに》げなくそっちを見《み》て、つい声《こえ》を出《だ》してしまった。

お店《みせ》に入《はい》ってきたのは、同《おな》じクラスの飯田《いいだ》さん——あの、よくわたしをにらんでる飯田《いいだ》さんだった。

飯田《いいだ》さんもわたしに気《き》づいて、あ、って言《い》った。

またにらまれる、って思《おも》ったら、飯田《いいだ》さんはそのまま、すたすた歩《ある》いてお店《みせ》の奥《おく》に入《はい》っていってしまった。

……あれ？　お客《きゃく》さんじゃない？

「あの、いまの……」

「あの子《こ》？　店長《てんちょう》の娘《むすめ》さん」

「……えっ」

びっくりして、もう美容師《びようし》さんがハサミを持《も》ってるのに、二《ふた》つ横《よこ》の席《せき》でお母《かあ》さんの髪《かみ》を切《き》ってる、店長《てんちょう》さんのほうを見《み》てしまった。

「飯田《いいだ》さんの……？」

「あら、チヒロちゃん知《し》ってるの？」

チヒロちゃんっていうんだっけ。飯田《いいだ》さんの下《した》の名前《なまえ》。

「あ、わたし、南中《みなみちゅう》の一年生《いちねんせい》なんです」

「あらー、じゃあチヒロちゃんの同級生《どうきゅうせい》ね」

美容師《びようし》さんに頭《あたま》の向《む》きを直《なお》されて、スタッフルームに入《はい》っていった飯田《いいだ》さんも、飯田《いいだ》さんのお母《かあ》さんだっていう店長《てんちょう》さんも、視界《しかい》からいなくなった。

「飯田《いいだ》さん、よくここに来《く》るんですか？」

「学校《がっこう》がお休《やす》みのときに、たまにね。向《む》かいの和菓子屋《わがしや》さんで、ここのスタッフに甘《あま》いものを買《か》ってきてくれたりするのよ」

「そう……ですか」

美容師《びようし》さんが、シャキシャキ手早《てばや》くわたしの髪《かみ》を切《き》っていく。

……いつもわたしのことにらんでるのは、飯田《いいだ》さんは、わたしのことがきらいだからだよね。

せっかくサエコちゃんと同《おな》じ美容院《びよういん》に来《き》たのに――また、別《べつ》のところをさがさなきゃいけないかもしれない。

髪《かみ》は軽《かる》くなっていくけど、気分《きぶん》までは軽《かる》くなってくれなかった。


ゴールデンウィーク真《ま》ん中《なか》の平日《へいじつ》。

いつもと同《おな》じ時間《じかん》に登校《とうこう》したら、席《せき》に着《つ》くなり、飯田《いいだ》さんがわたしの机《つくえ》の前《まえ》に立《た》った。

「椿《つばき》さん、おはよう」

「……おはよう」

昨日《きのう》『クープ』にいたことを何《なに》か言《い》われるんだと思《おも》って、思《おも》わず身構《みがま》えたら、飯田《いいだ》さんはわたしの頭《あたま》を、きつい目《め》でじろじろながめ始《はじ》めた。

「これさ、うちのアッちゃんでしょ、切《き》ったの？」

「……う、うん」

アッちゃんていう名前《なまえ》だったかどうかはわからないけど、ショートボブにするのをすすめてくれたのも、前髪《まえがみ》を分《わ》けてヘアピンで留《と》めて、おでこを出《だ》したほうがいいってアドバイスしてくれたのも、昨日《きのう》の美容師《びようし》さん。

「やっぱ、アッちゃんもそう思《おも》ってたんだ。──あたしも椿《つばき》さんは絶対《ぜったい》、髪短《かみみじか》くしておでこ出《だ》したほうがいいって思《おも》ってたんだ」

「……えっ？」

飯田《いいだ》さんは──目《め》はきついのに、口《くち》は、ニンマリって感《かん》じで、笑《わら》ってる。

「前《まえ》からそれ言《い》いたかったんだけどさ。椿《つばき》さん、髪《かみ》きれいだから、あえてのばしてんのかもしれないしって思《おも》って」

「……」

急《きゅう》にいろいろ話《はな》しかけられて、混乱《こんらん》して、黙《だま》ってたら、飯田《いいだ》さんが、あっ、っていう顔《かお》をした。

「もしかして、あたし、こわい？」

「……え」

「あたし、目《め》つき悪《わる》いんだよね。にらんでるつもりなくても、よく何《なん》でにらむのって言《い》われるし、黙《だま》ってると、怒《おこ》ってるみたいでこわいって」

「にっ……らんで、なかったの？」

思《おも》わず、そう言《い》ってしまった。

そうしたら、初《はじ》めて飯田《いいだ》さんの眉《まゆ》が、困《こま》ったみたいに下《さ》がった。

「やっぱ、そう思《おも》われてたか。見《み》てただけなんだけど」

「……見《み》てただけ……」

「うん。地毛《じげ》でその色《いろ》って、めっちゃきれいだなって思《おも》って」

きれい――

飯田《いいだ》さんが、本当《ほんとう》にそう思《おも》って、わたしの髪《かみ》をほめてくれたんだっていうことは、その口《くち》ぶりでわかった。

でも。

「……わたしは、普通《ふつう》の黒《くろ》い髪《かみ》がよかった」

飯田《いいだ》さんから目《め》をそらして、わたしは下《した》を向《む》いた。何年《なんねん》も使《つか》われてきた机《つくえ》の表面《ひょうめん》は、傷《きず》だらけ。

「何《なん》で？」

「……何《なん》でって……この色《いろ》じゃ目立《めだ》つし、いちいち染《そ》めてないって説明《せつめい》するの面倒《めんどう》だし、染《そ》めてないって言《い》っても信《しん》じてもらえないし」

「あ。……ごめん。あたし、地毛《じげ》かどうか訊《き》いたよね」

憶《おぼ》えてたんだ。

あのときは、飯田《いいだ》さんに返事《へんじ》をする前《まえ》に、中川《なかがわ》さんに怒鳴《どな》っちゃったけど。

「あたしは好《す》きだけどね、その色《いろ》。いつかそういう色《いろ》に染《そ》めてみたい。……けど、いま染《そ》めたら、たしかにいろいろ言《い》われるか」

「大人《おとな》になってからのがいいよ。すごい面倒《めんどう》だから」

「てか、椿《つばき》さん普通《ふつう》にしゃべるんじゃん。いつも本読《ほんよ》んでばっかりだから、話《はな》すのきらいなのかと思《おも》ってた」

目《め》を上《あ》げて、あらためて飯田《いいだ》さんの顔《かお》を見《み》たら、あいかわらず目《め》つきは悪《わる》いけど、もうこわい感《かん》じはしなかった。

「しゃべるよ。ただ、このクラス、知《し》ってる人《ひと》が一人《ひとり》もいないから」

「え？　いやいや、もう五月《ごがつ》じゃん」

「名前《なまえ》はわかるけど、名前《なまえ》しかわからないし」

「……椿《つばき》さん、どこ小《しょう》だった？」

「みどり第二《だいに》」

「……このクラス、第二《だいに》の人《ひと》っていたっけ？」

「男子《だんし》が二人《ふたり》いるけど、わたしその二人《ふたり》と同《おな》じクラスになったことないから」

飯田《いいだ》さんが、うわー、っていう顔《かお》になる。

「そりゃ知《し》ってる人《ひと》いないわ……。このクラス、ほぼ南小《みなみしょう》と第一小《だいいちしょう》で半々《はんはん》っしょ……」

「飯田《いいだ》さんはどっちなの？」

「あたしは南《みなみ》。……そーか、第二《だいに》か……。あたし、椿《つばき》さんは第一《だいいち》なんだと思《おも》ってた」

「家《いえ》、北口《きたぐち》のほうだから。もともと第二《だいに》から南中《みなみちゅう》に行《い》く人《ひと》、少《すく》ないんだよ」

飯田《いいだ》さんと話《はな》してたら、女子《じょし》が何人《なんにん》か、こっちに近《ちか》づいてくるのが見《み》えた。

「おはよー、チヒロ。どーしたの？」

「あっ、おはよ！　あのさ、椿《つばき》さんって、第二小《だいにしょう》だったんだって」

飯田《いいだ》さんの声《こえ》につられて、わたしの机《つくえ》の周《まわ》りに、女《おんな》の子《こ》が次々《つぎつぎ》と集《あつ》まってくる。

「えっ？　第二《だいに》？　第二《だいに》からウチに来《く》る人《ひと》って、いんの？」

「え、いるよ。うちの部活《ぶかつ》に二人《ふたり》いるし。……えっ、椿《つばき》さんも？」

集《あつ》まってきたのは、たぶん飯田《いいだ》さんと同《おな》じ南小学校出身《みなみしょうがっこうしゅっしん》の女《おんな》の子《こ》たち。

その中《なか》に、あの中川《なかがわ》さんもいて、わたしの出身小学校《しゅっしんしょうがっこう》を聞《き》くなり、一番大《いちばんおお》きな声《こえ》を上《あ》げた。

「えーっ、みどり第二《だいに》ぃ？　へー、そーなんだ！　だからぼっちなんだー。え、第二《だいに》って髪染《かみそ》めていいとこなのー？　ヤバーイ！」

とたんに、集《あつ》まった女《おんな》の子《こ》たちが中川《なかがわ》さんを振《ふ》り返《かえ》る。

「中川《なかがわ》、うるさい。あんた失礼《しつれい》」

飯田《いいだ》さんが、にらんでるみたいな目《め》で中川《なかがわ》さんを見《み》て言《い》った。……あれ、これ、本当《ほんとう》ににらんでるのかな。

「椿《つばき》さん、地毛《じげ》だって言《い》ってんじゃん。ほんっと、しつこいよね」

「えー、だって……」

中川《なかがわ》さんは、何《なに》かモゴモゴ言《い》ってたけど、飯田《いいだ》さん以外《いがい》のみんなにもにらまれて、口《くち》をとがらせながら、自分《じぶん》の席《せき》に戻《もど》っていった。

「中川《なかがわ》の言《い》うこと、気《き》にしなくていいからね。あの子《こ》、昔《むかし》っからあんなだから」

「ああいうとこ直《なお》せば、遊《あそ》んでてわりと楽《たの》しいんだけどね……」

「てか、中川《なかがわ》って椿《つばき》さんのこと、まだ染《そ》めてるって思《おも》ってたんだ……」

「わざとでしょ、あれ。染《そ》めてるって言《い》いたいだけでさ」

飯田《いいだ》さん以外《いがい》の女《おんな》の子《こ》も、口々《くちぐち》にフォローしてくれた。……みんな、わたしが染《そ》めてるわけじゃないって、わかってくれてたんだ。

「ところで椿《つばき》さん、髪切《かみき》ったよね？」

「ねー。すごい短《みじか》くしたよねー。似合《にあ》うよ」

「あ、ありがとう。うん、だいぶのびたから、思《おも》いきって……」

そのとき、ホームルーム開始《かいし》のチャイムが鳴《な》った。

「──あ、やば。まだかばん片付《かたづ》けてないわ」

「あー、あたしもだった」

せっかく会話《かいわ》が始《はじ》まりかけてたのに、集《あつ》まった女《おんな》の子《こ》は、それぞれの席《せき》に散《ち》っていってしまって——飯田《いいだ》さんも、自分《じぶん》の席《せき》に行《い》きかけてたけど、またこっちに引《ひ》き返《かえ》してきた。

「——あのさ、ゴールデンウィーク、どっか出《で》かける？」

「え。ううん、予定《よてい》ない……」

「うち来《こ》ない？　お母《かあ》さんがずっと店《みせ》だから、あたしも出《で》かける予定《よてい》なくて、ヒマでさ。ヒマ組《ぐみ》でうちに集《あつ》まってゲームするから、椿《つばき》さんもおいでよ」

「いいの？」

「ただしうちに来《く》ると、おやつは絶対《ぜったい》、和菓子《わがし》だけどね。店《みせ》の向《む》かいの」

「わたし、和菓子《わがし》好《す》き。あそこの水《みず》ようかん、おいしいよね」

「マジで？　やった！　やっと和菓子仲間《わがしなかま》ができたわ」

きつく見《み》える目《め》を細《ほそ》めて、飯田《いいだ》さんがニカッて笑《わら》った。

「みんなケーキとかクッキーのがいいってさー……あ、先生来《せんせいき》た」

あとでね、って言《い》って、飯田《いいだ》さんがあわてて席《せき》に戻《もど》っていく。

「……」

そのままのわたしで。

……わたしは、わたしのままでよかったんだ。

足《た》りなかったのは、きっかけだけ。

今日《きょう》、帰《かえ》ったら、ヒトミおばちゃんとサエコちゃんに、美容院《びよういん》教《おし》えてくれてありがとうって、電話《でんわ》しよう。

それからお母《かあ》さんに、ゴールデンウィークに友達《ともだち》の家《いえ》に遊《あそ》びにいくって伝《つた》えて。

――それと、わたしの机《つくえ》にある、輪《わ》っかになったひもは、
絶対《ぜったい》捨《す》てないでって、言《い》っておかないと。

あのペンギンたちが、また、遊《あそ》びにくるかもしれないから。

第《だい》2話《わ》

最後《さいご》のアップルパイ

——あ、乗《の》れる。

一基《いっき》しかないエレベーターの中《なか》は、スーツ姿《すがた》の人《ひと》でほとんどいっぱいだったけど、あと二人《ふたり》は乗《の》れる隙間《すきま》があった。

よかったぁ、って思《おも》いながら、エレベーターに片足《かたあし》を踏《ふ》み入《い》れた途端《とたん》。

大《おお》きなお腹《なか》が、横《よこ》から割《わ》りこんできた。

思《おも》わず見上《みあ》げると、横幅《よこはば》が二人《ふたり》ぶんはありそうな、グレーのスーツのおじさんが、いかにも「俺《おれ》はえらいんだぞ」っていう顔《かお》で、じろりとわたしをにらんでいた。

「……」

本当《ほんとう》におじさんがえらい人《ひと》なのか、そもそもうちの会社《かいしゃ》の人《ひと》じゃないはずだから、えらくてもえらくなくても、どっちでも関係《かんけい》ないんだけど――

二人《ふたり》ぶんあったはずの隙間《すきま》は、もう、おじさん一人《ひとり》で埋《う》まっていて。

わたしが片足《かたあし》を引《ひ》っこめると、エレベーターの扉《とびら》はゆっくりと閉《し》まった。

……また乗《の》りそこねちゃった……。

がっくりと肩《かた》を落《お》とすわたしの周《まわ》りに、次《つぎ》のエレベーター待《ま》ちの人《ひと》たちが集《あつ》まってくる。

いろんな会社《かいしゃ》が入《はい》ってるオフィスビルで、だから乗《の》ってる人《ひと》の行《い》き先《さき》もみんなばらばらで、エレベーターは各階《かくかい》ごとに止《と》まって、なかなか下《お》りてこない。

……ギリギリかも。

ひとつずつ点滅《てんめつ》する数字《すうじ》と腕時計《うでどけい》を交互《こうご》に見《み》ながら、わたしはため息《いき》をついた。

やっと下《お》りてきたエレベーターに乗《の》って、うちの会社《かいしゃ》のオフィスがあるフロアにたどり着《つ》いたのは、始業《しぎょう》時間《じかん》の七分前《ななふんまえ》。……遅刻《ちこく》じゃないけど、ちょっとあせる時間《じかん》だ。

「本当《ほんとう》に要領悪《ようりょうわる》いですね、桜庭《さくらば》さんは」

自分《じぶん》のデスクにかばんを置《お》くなり、向《む》かいの席《せき》の同僚《どうりょう》が、あいさつよりも先《さき》に、明《あき》らかに馬鹿《ばか》にした口調《くちょう》で言《い》ってきた。……「桜庭《さくらば》さん」は、わたしのこと。

「オハヨウゴザイマス。……何《なん》なの、いきなり」

一応《いちおう》こっちからはあいさつしたけど、この同僚《どうりょう》は普段《ふだん》からめったにあいさつしないし、ついでに人《ひと》と目《め》を合《あ》わせることも、ほとんどない。誰《だれ》に対《たい》しても敬語《けいご》だけど、だからって感《かん》じがいいわけじゃない。

同僚《どうりょう》は顔《かお》を上《あ》げもせず、背広《せびろ》の胸《むね》ポケットから取《と》り出《だ》したハンカチでメガネのレンズをふきながら、フン、と鼻《はな》を鳴《な》らす。

「先《さき》に乗《の》ってたのにおっさん一人《ひとり》に負《ま》けるとか、ありえないですよ」

「……」

知《し》ってるっていうことは、さっきのエレベーターに乗《の》ってたんだ。

「あんなところでどっちが先《さき》か後《あと》かでもめたって、いいことないでしょ。エレベーターなんて、ひとつ見送《みおく》ったって、待《ま》ってればまた来《く》るんだから……」

「そういうスタンスでいるから、常《つね》に後《おく》れをとるんですよ。チャンスが何度《なんど》でも訪《おとず》れると思《おも》っているなら大間違《おおまちが》い——ぅぐっ」

「……おい、伊沢《いざわ》」

メガネをごしごしこすりながら早口《はやくち》でしゃべっていた同僚《どうりょう》の背後《はいご》から、主任《しゅにん》の高橋《たかはし》さんが顔《かお》を出《だ》すと、書類《しょるい》がぎっしり詰《つ》まったファイルを同僚《どうりょう》の頭《あたま》の上《うえ》にのせて、黙《だま》らせてくれた。

「他人《たにん》の後《おく》れを語《かた》る前《まえ》に、自分《じぶん》の書類《しょるい》の遅《おく》れを先《さき》にどうにかしろよ。——桜庭《さくらば》さん、おはよう。来《き》て早々《そうそう》だけど、昨日《きのう》のあれ、どうなった？　例《れい》の企画書《きかくしょ》の」

「あ、おはようございます。修正《しゅうせい》の件《けん》ですよね？　えっと、ちょっと待《ま》ってくださいね」

わたしはかばんを脇《わき》にどけて、急《いそ》いでパソコンを開《ひら》いた。

……別《べつ》に、自分《じぶん》の要領《ようりょう》の悪《わる》さなら、他人《たにん》に言《い》われるまでもなく、自分《じぶん》が一番《いちばん》よくわかってる。

いつも、そうなんだ。

たとえば、混《こ》んでる電車《でんしゃ》で。

目《め》の前《まえ》の席《せき》が空《あ》いて、やっと座《すわ》れるっていうのに、近《ちか》くにお年寄《としよ》りとか、自分《じぶん》より疲《つか》れてそうな人《ひと》とかを、うっかり見《み》つけちゃったりすると、もう座《すわ》りづらくて。

どうしようって躊躇《ちゅうちょ》した一瞬《いっしゅん》のうちに、別《べつ》の人《ひと》に座《すわ》られちゃう、とか。

買《か》い物《もの》に行《い》って、いいなって思《おも》った服《ふく》があって、でも売《う》り場《ば》ひととおり見《み》てから試着《しちゃく》しようかなって考《かんが》えてるあいだに、他《ほか》の人《ひと》に先《さき》に試着室《しちゃくしつ》に持《も》っていかれちゃったり、とか。

そういうのは最近《さいきん》だけの話《はなし》じゃなく、昔《むかし》からそう。

学芸会《がくげいかい》でやりたかった役《やく》は、同時《どうじ》に手《て》を挙《あ》げた子《こ》にゆずっちゃったし、友達《ともだち》が好《す》きになった男子《だんし》が、実《じつ》は前《まえ》からわたしが好《す》きだった人《ひと》だってわかったときも、わたしは何《なに》も言《い》えなくて、友達《ともだち》を応援《おうえん》した。

学食《がくしょく》の購買《こうばい》で人気《にんき》のコロッケサンドは、だいたいあと一歩《いっぽ》のところで売《う》りきれてたし、雑用係《ざつようがかり》っていわれてた学級委員《がっきゅういいん》も、先生《せんせい》から目《め》をそらすのがワンテンポ遅《おそ》くて、毎年指名《まいとししめい》されてた。

常《つね》に人《ひと》より、一歩出遅《いっぽでおく》れる。どんなときも、人《ひと》を押《お》しのけて前《まえ》に出《で》ることができない。

……わたしの人生《じんせい》、ずっとそんな感《かん》じ。

要領《ようりょう》よくなれるものなら、なってみたいけど。

三《み》つ子《ご》の魂百《たましいひゃく》までっていうし、大人《おとな》になっても変《か》わらないこの性格《せいかく》は、きっと一生《いっしょう》、このままなんだと思《おも》う。


「桜庭《さくらば》さん、昨日《きのう》の打《う》ち合《あ》わせの報告書《ほうこくしょ》はどうしたって、課長《かちょう》が言《い》ってて……」

「え、とっくに出《だ》しましたけど……。課長《かちょう》の机《つくえ》に水色《みずいろ》のファイルないですか？」

「おーい、桜庭《さくらば》。火曜日《かようび》に頼《たの》んだやつ、どうなってるんだー？」

「すいません、まだ全部《ぜんぶ》データが上《あ》がってきてないです。上《あ》がり次第《しだい》まとめますから」

「えー？　催促《さいそく》しろよー」

「あ、わかりまし……」

「――催促《さいそく》は俺《おれ》がやるから、桜庭《さくらば》さんは、いまやってるの優先《ゆうせん》で頼《たの》む」

わたしから受話器《じゅわき》を取《と》り上《あ》げて、かわりに主任《しゅにん》が電話《でんわ》をかけ始《はじ》める。

わたしは軽《かる》く頭《あたま》を下《さ》げて、優先《ゆうせん》でって言《い》われた作業《さぎょう》に戻《もど》った。

今日《きょう》はやることが多《おお》くて、電話一本《でんわいっぽん》でもかわってもらえると助《たす》かる。主任《しゅにん》はまめに気遣《きづか》ってくれるけど、他《ほか》の人《ひと》はどっちかっていうと、あれをお願《ねが》いこれも頼《たの》むって、仕事持《しごとも》ってくることのほうが多《おお》いし。

「何《なに》か今日《きょう》、桜庭《さくらば》さんよく呼《よ》ばれますよねー。金曜日《きんようび》だからかなぁ」

隣《とな》りの席《せき》の後輩《こうはい》が、のんびりした口調《くちょう》で言《い》った。コーヒーの香《かお》りがする。

「桜庭《さくらば》さん、わりと何《なん》でも引《ひ》き受《う》けてくれちゃうから、いろいろ重《かさ》なって、金曜《きんよう》はいつも特《とく》に忙《いそが》しいですよねー。ランチ行《い》く時間《じかん》ありますー？」

「……え、もうそんな時間《じかん》？」

前《まえ》のめりになってた姿勢《しせい》を戻《もど》して、壁《かべ》の時計《とけい》を見《み》た。十一時《じゅういちじ》十五分《じゅうごふん》。

「何《なん》だ、まだまだじゃない……」

「まだまだですけどー、金曜《きんよう》だから、ランチは『オリーブ』の二十食限定《にじっしょくげんてい》レディース定食《ていしょく》ですよね？　あたしも今日《きょう》は『オリーブ』で食《た》べるつもりなんですけどー」

「……わたしは切《き》りのいいところまでやるつもりだから、先《さき》に行《い》っていいよ」

「えー、一緒《いっしょ》に行《い》きましょうよ……」

ちらっと横目《よこめ》で後輩《こうはい》を見《み》ると、コーヒーのカップを片手《かたて》に、パソコンのマウスを動《うご》かしつつ、すねたみたいに口《くち》をとがらせている。……ちゃんと仕事《しごと》はしてた。

「あ、そういえば、桜庭《さくらば》さん、金曜日《きんようび》ってあれの日《ひ》ですよねー。アップルパイ」

「……」

キーボードをたたく手《て》が、一瞬《いっしゅん》、止《と》まってしまった。

アップルパイ。

……そうだ、今日《きょう》は、帰《かえ》りにアップルパイを買《か》うんだ。

就職《しゅうしょく》して、独《ひと》り暮《ぐ》らしを始《はじ》めてから、金曜日《きんようび》の仕事帰《しごとがえ》りに近所《きんじょ》のケーキ屋《や》さんでアップルパイを買《か》うのが習慣《しゅうかん》になった。

平日《へいじつ》は残業《ざんぎょう》が多《おお》くてなかなか寄《よ》れないし、土日《どにち》も平日《へいじつ》にできない掃除《そうじ》や洗濯《せんたく》を優先《ゆうせん》すると、買《か》いに行《い》くタイミングを逃《のが》しちゃうのもあって、買《か》うのは金曜日《きんようび》の夜《よる》って、だいたい決《き》まってた。一週間《いっしゅうかん》、無事《ぶじ》に仕事《しごと》をした自分《じぶん》に、お疲《つか》れ様《さま》、っていう意味《いみ》もある。

ケーキ屋《や》さんだから、もちろんいろんなケーキを売《う》ってるんだけど、わたしは子供《こども》のころからアップルパイが好《す》きで、そのお店《みせ》のアップルパイがおいしくて。

先週《せんしゅう》は夜《よる》の九時近《くじちか》くまで残業《ざんぎょう》で、買《か》えなかった。お店《みせ》は八時《はちじ》までなのに。

今日《きょう》こそ買《か》って帰《かえ》りたい。

パリパリサクサクのパイ生地《きじ》に、シャリシャリした食感《しょっかん》が残《のこ》る煮《に》りんご。ほんのり甘《あま》いカスタードクリームが入《はい》った――

「桜庭《さくらば》さん」

電話《でんわ》を終《お》えた主任《しゅにん》が、振《ふ》り返《かえ》った。

「データ、午後《ごご》イチで送《おく》るって言《い》ってるから、昼休《ひるやす》み明《あ》けに確認《かくにん》して」

「……あっ、はい。ありがとうございます」

いけない、いけない。アップルパイに頭《あたま》が支配《しはい》されかけてた。

「最終《さいしゅう》チェックは俺《おれ》がやるから。桜庭《さくらば》さんは、とりあえずまとめてくればいいから」

「わかりました」

返事《へんじ》はしたけど、とりあえずまとめるのに、どれくらいかかるだろう。パソコン画面《がめん》をにらみつつ考《かんが》えていたら、後輩《こうはい》が小声《こごえ》でつぶやいた。

「……高橋主任《たかはししゅにん》ってー、桜庭《さくらば》さんのフォローは積極的《せっきょくてき》にしますよねー」

「え？　……ああ、うん。助《たす》かるよ」

わたしとそんなに年《とし》の違《ちが》わない、たしかひとつか二《ふた》つ上《うえ》なだけなのに、すごくよく気《き》がつくし、仕事《しごと》も速《はや》い。わたしの要領《ようりょう》が悪《わる》すぎて、主任《しゅにん》に手伝《てつだ》ってもらってばっかりなのは、正直《しょうじき》、心苦《こころぐる》しいけど。

「あたしもフォローしてもらうことはありますけど、結構《けっこう》ギリギリにならないと、手伝《てつだ》ってもらえないんですよねー」

「それは、わたしのほうが何《なに》かと手際《てぎわ》が悪《わる》いから……」

「えー、そうじゃなくて……」

「――あのっ、桜庭《さくらば》さん、桜庭《さくらば》さん」

どこかからの電話《でんわ》を受《う》けてた、斜《なな》め向《む》かいの席《せき》の新人男子《しんじんだんし》が、困《こま》った顔《かお》で身《み》を乗《の》り出《だ》してきた。

「桜庭《さくらば》さん、N社《エヌしゃ》の件《けん》、わかります？　何《なん》か、提出書類《ていしゅつしょるい》のミスった部分《ぶぶん》がちゃんと直《なお》ってないとか……。伊沢《いざわ》さんが担当《たんとう》だと思《おも》うんですけど、伊沢《いざわ》さん、僕《ぼく》が電話中《でんわちゅう》に、どっか行《い》っちゃって」

「……」

後輩《こうはい》が隣《となり》で、うわー逃《に》げた、ってつぶやいた。……うん、逃《に》げたんだろうな。

でも、おろおろしてる新人《しんじん》くんに対応《たいおう》を押《お》しつけるわけにも、同僚《どうりょう》を連《つ》れ戻《もど》すまで相手《あいて》を待《ま》たせるわけにもいかない。

「……電話《でんわ》、何番《なんばん》？」

「二番《にばん》で保留《ほりゅう》です」

「いいよ。わたしが出《で》る」

新人《しんじん》くんが、泣《な》き笑《わら》いみたいな顔《かお》でうなずく。

……今日《きょう》はアップルパイ。仕事《しごと》が終《お》わったらアップルパイ。

わたしは頭《あたま》の中《なか》で自分《じぶん》に言《い》い聞《き》かせて、受話器《じゅわき》を取《と》った。

逃《に》げた同僚《どうりょう》のかわりに取引先《とりひきさき》への対応《たいおう》をして、最優先《さいゆうせん》の仕事《しごと》を片付《かたづ》けて、ってしてたら、二十食限定《にじっしょくげんてい》レディース定食《ていしょく》はあと一食《いっしょく》しか残《のこ》ってなくて、わたしはやっぱり、それをしょんぼりした後輩《こうはい》にゆずってしまって。

午後《ごご》イチで上《あ》がってくるはずのデータがなかなか来《こ》なくて、待《ま》ってるあいだにもあれこれ仕事《しごと》を振《ふ》られて、しかも会議《かいぎ》が長引《ながび》いてしまった。

何《なに》かとトラブルが多《おお》かったせいで、自分《じぶん》の仕事《しごと》がまだ全部《ぜんぶ》終《お》わらないうちに、終業時間《しゅうぎょうじかん》がきてしまった。

思《おも》ったより残《のこ》ってた自分《じぶん》の作業《さぎょう》に、ため息《いき》をこらえて、USB《ユーエスビー》メモリをパソコンに差《さ》しこむ。……これは、今週中《こんしゅうちゅう》に仕上《しあ》げておきたいんだよね。

でも、これくらいなら、小一時間《こいちじかん》もあれば片付《かたづ》くはず。アップルパイが買《か》えるケーキ屋《や》さんまでは、電車《でんしゃ》と徒歩《とほ》で三十分《さんじっぷん》かかるから、遅《おそ》くとも七時《しちじ》に退社《たいしゃ》できれば、充分《じゅうぶん》。

二時間《にじかん》なんて、かからない。今日《きょう》は間《ま》に合《あ》う——

「あのぉ、桜庭《さくらば》さん……」

新人《しんじん》くんが、いかにも申《もう》し訳《わけ》なさそうに肩《かた》をすくめながら、机越《つくえご》しにクリアファイルを差《さ》し出《だ》してきた。

「すいません、これ、本当《ほんとう》なら高橋《たかはし》さんにチェックしてもらうものなんですけど……」

「高橋《たかはし》さんは？　……あ、まだ帰《かえ》ってきてないんだっけ」

「そうなんです。待《ま》っててもいいんですけど、今日《きょう》ちょっと、友達《ともだち》がうちに来《く》る予定《よてい》で」

待《ま》っててもいいって言《い》いつつ、もう全身《ぜんしん》で帰《かえ》りたいってアピールしてる。

「高橋《たかはし》さんに渡《わた》しておくだけでしょ？　いいよ。置《お》いといて」

「ありがとうございます！　お先《さき》に失礼《しつれい》しますっ」

新人《しんじん》くんは勢《いきお》いよく頭《あたま》を下《さ》げて、タイムカードのところに走《はし》っていく。

「それならついでにこれも高橋主任《たかはししゅにん》に渡《わた》してください」

今度《こんど》はすっかり帰《かえ》り支度《じたく》を整《ととの》えた同僚《どうりょう》が、ファイルに入《い》れてもいない書類《しょるい》を、ぞんざいにわたしの前《まえ》に突《つ》き出《だ》した。

「……渡《わた》すだけね？」

「そうです渡《わた》すだけです。ではお先《さき》に」

何《なん》だか棒読《ぼうよ》み気味《ぎみ》に言《い》って、同僚《どうりょう》もあっというまに帰《かえ》っていった。

「……わざわざ桜庭《さくらば》さんに頼《たの》まなくたって、主任《しゅにん》の机《つくえ》に置《お》いていけばいいんじゃないですかねー？」

首《くび》を傾《かし》げてる後輩《こうはい》も、すでにパソコンを閉《と》じて、机《つくえ》の上《うえ》を片付《かたづ》け始《はじ》めてる。

「高橋《たかはし》さんの机《つくえ》、いろいろ置《お》いてあるからね。直接渡《ちょくせつわた》さないと、他《ほか》の書類《しょるい》に埋《う》もれちゃうかも」

「メモでも付《つ》けておけばすみますってー」

「わたしがこれ仕上《しあ》げるまでに高橋《たかはし》さんが戻《もど》らなかったら、置《お》いて帰《かえ》るよ。……上《あ》がるんでしょ？　お疲《つか》れ様《さま》」

「はーい。お疲《つか》れ様《さま》です」

にゅっと口《くち》の端《はし》を引《ひ》き上《あ》げて、後輩《こうはい》が笑《わら》った。わたしに軽《かる》く頭《あたま》を下《さ》げて、席《せき》を立《た》つ。

金曜日《きんようび》はいつも、後輩《こうはい》はデートだったはず。今日《きょう》もどこかで彼氏《かれし》と待《ま》ち合《あ》わせてるんだろう。……わたしはアップルパイぐらいしか待《ま》ってないけど。

終業時間《しゅうぎょうじかん》を十数分《じゅうすうふん》も過《す》ぎると、もうフロアは閑散《かんさん》としてきた。ところどころ電灯《でんとう》も消《け》されて、何《なん》となく薄暗《うすぐら》い。

残業《ざんぎょう》も三十分近《さんじっぷんちか》くなって、作業《さぎょう》の終《お》わりが見《み》えてきたころ、外《そと》まわりに出《で》ていた主任《しゅにん》が帰《かえ》ってきた。

「あれ、桜庭《さくらば》さん、まだ残《のこ》ってたの」

「あと少《すこ》しで終《お》わりますから。——あ、そうそう。これ、高橋《たかはし》さんに渡《わた》してほしいって、二人《ふたり》から頼《たの》まれて」

わたしは目《め》で新人《しんじん》くんと同僚《どうりょう》の席《せき》を示《しめ》して、主任《しゅにん》にクリアファイルに入《はい》った書類《しょるい》と、むき出《だ》しの書類《しょるい》を手渡《てわた》した。

「お、サンキュ。やっと上《あ》がったか」

「ファイルに入《はい》ってるのが山口《やまぐち》くんで、入《はい》ってないのが伊沢《いざわ》くんですから」

「——は？」

念《ねん》のためにそれも伝《つた》えると、主任《しゅにん》がすっとんきょうな声《こえ》を上《あ》げた。

「え？　何《なに》？　こっちが山口《やまぐち》で？　こっちが伊沢《いざわ》？」

「そうですけど……」

託《たく》されたものを、そのまま渡《わた》しただけだし。

ところが、途端《とたん》に主任《しゅにん》の眉間《みけん》に、くっきり二本《にほん》、皺《しわ》が寄《よ》った。

「あんにゃろ……」

「えっ？」

「俺《おれ》がやっとけって指示《しじ》したのは、逆《ぎゃく》なんだよ。こっちの入力《にゅうりょく》するだけのやつが山口《やまぐち》で、こっちの工場《こうじょう》に送《おく》る書類《しょるい》は伊沢《いざわ》」

「……」

と、いうことは。

「伊沢《いざわ》くんのしわざ……ですよね」

「あいつ以外《いがい》いるわけない。新人《しんじん》に面倒《めんどう》押《お》しつけやがって……」

自分《じぶん》の手間《てま》のかかる仕事《しごと》と、新人《しんじん》くんの単純《たんじゅん》作業《さぎょう》を、交換《こうかん》しちゃったんだ。たぶん、無《む》理《り》やり。……これは伊沢《いざわ》くん、休《やす》み明《あ》けにめちゃくちゃ怒《おこ》られるだろうな。当然《とうぜん》だけど。

「それじゃ、工場《こうじょう》宛《あ》ての書類《しょるい》は……」

「やれるだけはやってあるけど、だいぶ抜《ぬ》けがあるし、計算《けいさん》も見直《みなお》さないとだめだ」

「やっぱり……」

そういえばこのあいだも、新人《しんじん》くんにまだちゃんと教《おし》えてない作業《さぎょう》を押《お》しつけて、「やらせなければ覚《おぼ》えないでしょう」なんて言《い》い訳《わけ》してたっけ。……そうだ。先週《せんしゅう》の金曜日《きんようび》にアップルパイが買《か》えなかったのは、その件《けん》がわたしの作業《さぎょう》にも影響《えいきょう》して、残業《ざんぎょう》するはめになったからだ。

「——桜庭《さくらば》さん」

もういない同僚《どうりょう》にあきれてたら、主任《しゅにん》がいかにも苦々《にがにが》しそうな顔《かお》で、振《ふ》り向《む》いた。

「いま何《なん》の作業《さぎょう》してる？」

「え。あ、午後《ごご》の会議《かいぎ》で出《で》た、デザインの変更案《へんこうあん》の……」

何《なに》か、イヤな予感《よかん》がする。

「ごめん。それ終《お》わったら、こっち手伝《てつだ》ってもらえないかな。工場《こうじょう》のほうから、時間遅《じかんおそ》くなってもいいから、今日中《きょうじゅう》に送《おく》ってくれって言《い》われてるんだ」

「……」

イヤな予感《よかん》ほど、よく当《あ》たるんだよね。

「もちろん俺《おれ》もやるし、伊沢《いざわ》はあとで絶対《ぜったい》にシメる。桜庭《さくらば》さんには別件《べっけん》で埋《う》め合《あ》わせさせるから」

「……わかりました……」

時計《とけい》を見《み》る。六時半《ろくじはん》。

ケーキ屋《や》さんの閉店時間《へいてんじかん》まで、あと一時間半《いちじかんはん》——

主任《しゅにん》と二人《ふたり》がかりで書類《しょるい》を完成《かんせい》させて、工場《こうじょう》にファックスしたときには、もう七時半《しちじはん》になっていた。

主任《しゅにん》が余分《よぶん》に残業《ざんぎょう》させたおわびに、晩《ばん》ごはんをおごるって言《い》ってくれたけど、急《いそ》ぐからって断《ことわ》って、オフィスを飛《と》び出《だ》す。

あんまり待《ま》たずに電車《でんしゃ》が来《き》たのはラッキーで、仕事《しごと》が終《お》わってから二十五分後《にじゅうごふんご》、わたしは駅前《えきまえ》のケーキ屋《や》さんに、閉店間際《へいてんまぎわ》に駆《か》けこんだ。

「いらっしゃいませー」

顔《かお》なじみの店員《てんいん》さんが、わたしを見《み》て、軽《かる》く会釈《えしゃく》する。

先《さき》にお店《みせ》に入《はい》ってた、小学生《しょうがくせい》の女《おんな》の子《こ》とそのお母《かあ》さんらしき二人《ふたり》の後《うし》ろから、ショーケースをのぞきこむと、中《なか》にはもう、数《かぞ》えるほどしかケーキがなくて。

アップルパイは——あった！　一個《いっこ》だけ残《のこ》ってる。二週間《にしゅうかん》ぶりのアップルパイだ……。

「あ、お願《ねが》いします。アップルパ……」

「おかーさん、あたし、りんごのやつがいい！」

わたしが注文《ちゅうもん》しかけていたアップルパイを。

女《おんな》の子《こ》が、指《ゆび》さした。

「えー、ショートケーキじゃなくていいの？」

「たまにはちがうの食《た》べたい。こっちがいい！」

「でも……」

女《おんな》の子《こ》のお母《かあ》さんが、横目《よこめ》でわたしを見《み》た。わたしがアップルパイ、って言《い》いかけたのが、聞《き》こえてたみたいで。

「あ、あの、どうぞ。わたしは、他《ほか》ので……」

反射的《はんしゃてき》に、そう言《い》ってしまっていた。お母《かあ》さんはぱあっと笑顔《えがお》になって、早口《はやくち》で注文《ちゅうもん》し始《はじ》める。

「すみませぇん。じゃあアップルパイと、あとショートケーキ二《ふた》つ」

「……かしこまりました」

店員《てんいん》さんが、ちょっと気《き》まずそうな表情《ひょうじょう》でうなずいた。

アップルパイ。……二週間《にしゅうかん》ぶりだったのに。

「こちら三点《さんてん》ですね。お持《も》ち歩《ある》きのお時間《じかん》は……」

また、ゆずっちゃった。

せっかく間《ま》に合《あ》ったのに。……最後《さいご》の一個《いっこ》だったのに。

女《おんな》の子《こ》とお母《かあ》さんが、手《て》をつないでお店《みせ》を出《で》ていく。今日最後《きょうさいご》のアップルパイが入《はい》った箱《はこ》を持《も》って。

「すみません、お取《と》り置《お》きできればよかったんですけど……」

「あっ、いえ。わたしも必《かなら》ず来《こ》られるかどうか、わからないですし……」

申《もう》し訳《わけ》なさそうにしている店員《てんいん》さんに、わたしはあわてて両手《りょうて》を振《ふ》った。

今日《きょう》、ずーっとアップルパイのことを考《かんが》えてたから、最後《さいご》のアップルパイを買《か》われちゃった時点《じてん》で、正直《しょうじき》に言《い》って、もう何《なに》も買《か》う気《き》はなくなっちゃってたんだけど。

アップルパイがないなら帰《かえ》ります、なんて、言《い》うこともできなくて。

わたしはしばらくぼんやりと、残《のこ》り少《すく》ないショーケースをながめてた。

……そういえば、ここでアップルパイ以外《いがい》、買《か》ったことないかも。

「いま残《のこ》ってる中《なか》で、私《わたし》のおすすめは、ミルクレープですね」

わたしが迷《まよ》ってると思《おも》ったのか、店員《てんいん》さんが声《こえ》をかけてくれた。

「人気《にんき》なんですよ、ミルクレープも。この時間《じかん》に残《のこ》ってるのは、ちょっと珍《めずら》しいです」

「……ミルクレープ」

「はい」

「じゃあ、それで……」

「はい！　おひとつで？」

「で、いいです」

すすめられるまま、わたしの好《す》きなサクサクやシャリシャリの食感《しょっかん》とは逆《ぎゃく》のケーキを、買《か》ってしまった。

「ありがとうございましたー」

店員《てんいん》さんの笑顔《えがお》に作《つく》り笑《わら》いを返《かえ》して、わたしは閉店間際《へいてんまぎわ》のケーキ屋《や》さんをあとにした。

新人《しんじん》くんが、同僚《どうりょう》に無理《むり》やり押《お》しつけられた仕事《しごと》で、わからないところもたくさんあって、でもそれを伝《つた》えずに、ただ「主任《しゅにん》に渡《わた》してください」って、わたしに託《たく》してすぐ帰《かえ》っちゃったのは、自分《じぶん》で主任《しゅにん》に渡《わた》したら、「できない仕事《しごと》をやらされたら、早《はや》く周《まわ》りに相談《そうだん》しろ」って、叱《しか》られることがわかってて、だから、わたしに託《たく》せば、少《すく》なくとも週明《しゅうあ》けまでは叱《しか》られなくてすむし、できなかったところの後始末《あとしまつ》は、どうせわたしがやるだろうって、踏《ふ》んでたから。

後輩《こうはい》がわたしの残業《ざんぎょう》を手伝《てつだ》わずに帰《かえ》るのは、手伝《てつだ》ってほしいって、わたしが言《い》い出《だ》さないのを、わかってるから。

同僚《どうりょう》が、面倒《めんどう》な仕事《しごと》は全部《ぜんぶ》わたしがやることになるように仕向《しむ》けてるのは、要領《ようりょう》の悪《わる》いわたしを見下《みくだ》してて、自分《じぶん》が楽《らく》をするために利用《りよう》してるから。

主任《しゅにん》がもう残業《ざんぎょう》してるわたしに、さらに手伝《てつだ》いを頼《たの》んだのは、わたしなら断《ことわ》らないって思《おも》ったから。

……わかってる。

断《ことわ》れないわたしが悪《わる》いんだ。

自分《じぶん》の意思《いし》を強《つよ》く持《も》って、たったひと言《こと》、わたしはわたしの仕事《しごと》だけをやります、って言《い》えばいいだけなのに。

「……」

床《ゆか》にだらっと座《すわ》って、リビングのテーブルに顎《あご》をのせて。

わたしはぼんやり、テーブルの上《うえ》の、ケーキの箱《はこ》を見《み》ていた。

さっきだって、そう。知《し》らん顔《かお》して、あのお母《かあ》さんより先《さき》に、アップルパイくださいって、注文《ちゅうもん》しちゃえばよかっただけなのに。

子供《こども》がほしがってるのに図々《ずうずう》しい、って思《おも》われるかもしれないけど。

知《し》り合《あ》いでもない、一生《いっしょう》に一度《いちど》、ちょっと同《おな》じ場所《ばしょ》にいただけの相手《あいて》だ。どう思《おも》われたって、たいしたことなかったはずで。

でも、言《い》えなかった。またゆずっちゃった。

先週《せんしゅう》も買《か》えなかったのに。……今週《こんしゅう》こそはって、楽《たの》しみにしてたのに。

目《め》をつぶって、長《なが》いため息《いき》をついて――

目《め》を開《あ》けると、ケーキ箱《ばこ》の向《む》こう側《がわ》で、何《なに》かが動《うご》いた。

「……」

テーブルの上《うえ》を。

白《しろ》と黒《くろ》と灰色《はいいろ》の、ちっちゃい生《い》き物《もの》が、ひょこひょこ歩《ある》いている。

……何《なん》だっけ、これ。

見《み》たことはある。そう、ペンギンの赤《あか》ちゃん。

大学時代《だいがくじだい》の友達《ともだち》のエミコが、ペンギン大好《だいす》きで、写真集《しゃしんしゅう》とか見《み》せてくれたっけ。

この白黒灰色《しろくろはいいろ》のふわふわした子《こ》は、たしか――コウテイペンギン。

「――え？」

思《おも》わず頭《あたま》を起《お》こして、目《め》を瞬《しばたた》かせた。

いる。

ペンギン。

何《なん》で、うちのテーブルに。

「……いいにおいがするなあ」

「へ。……あ、ケーキ。ミルクレープ」

聞《き》こえた声《こえ》に、つい返事《へんじ》をしてしまったけど。

ぬいぐるみ？　ロボット？　まさか本物《ほんもの》？　あ、もしかして、わたし、疲《つか》れて寝《ね》ちゃって、夢《ゆめ》みてる？


「ケーキ、たべないの？」

何《なん》だか現実感《げんじつかん》がなくて、ぼーっとしてると、ペンギンの赤《あか》ちゃんが、体《からだ》を傾《かたむ》ける。首《くび》を傾《かし》げてるつもりかもしれないけど、首《くび》がどこかわからなくて、そう見《み》えたんだ。

「えーとね。……本当《ほんとう》は、アップルパイを買《か》いたかったの。でも、小《ちい》さい女《おんな》の子《こ》が食《た》べたいって言《い》ってね。アップルパイ、一個《いっこ》しか残《のこ》ってなかったから」

だから、食《た》べたいと思《おも》ってないケーキを買《か》っちゃった——って、言《い》おうとしたら。

ペンギンの赤《あか》ちゃんは、ぴょこん、って一度《いちど》はねて、両方《りょうほう》の羽《はね》をパタパタ動《うご》かした。

「ゆずってあげたの？　えらーい！」

「……」

えらい？

自分《じぶん》の希望《きぼう》を通《とお》せなかったのに。

「えらい……の？」

「ほかの人《ひと》のことを考《かんが》えてあげられて、えらいんだよー！」

「……」

自分《じぶん》のことじゃなくて。

他《ほか》の人《ひと》のことを。

……そういえば、子供《こども》のころ、わたしが遊《あそ》んでたおもちゃとか、読《よ》んでた絵本《えほん》とか、他《ほか》の子《こ》にゆずってあげると、ほめてくれる大人《おとな》がいたっけ。友達《ともだち》のお母《かあ》さんとか、幼稚園《ようちえん》の先生《せんせい》とか。

ユウコちゃんは独《ひと》り占《じ》めしないでえらいね、お友達《ともだち》に親切《しんせつ》にしていい子《こ》ね、って。

「……えらいなんて言《い》ってもらえたの、久《ひさ》しぶり」

そう言《い》って思《おも》わず笑《わら》ったら、ペンギンちゃんもうれしそうに、また羽《はね》をパタパタした。

ほかの人《ひと》のことを
考《かんが》えてあげられて
えらいんだよー！

「せっかくだから、ミルクレープ食《た》べようかな。一緒《いっしょ》に食《た》べる？」

「たびるー！」

あはは、かわいい。

「よし、待《ま》ってて。お皿《さら》持《も》ってくるから」

さっきまで気持《きも》ちが疲《つか》れて、立《た》つのもおっくうだったけど、いまはもう、そうでもない。

キッチンから小皿《こざら》を二枚《にまい》とフォークを二本《にほん》、それにナイフを取《と》ってきて戻《もど》ると、ペンギンちゃんは楽《たの》しそうに体《からだ》を左右《さゆう》に揺《ゆ》らしながら、ケーキの箱《はこ》の前《まえ》で待《ま》っていた。

……ところでペンギンってケーキ食《た》べるのかな。まぁいいか。食《た》べるって言《い》ってるし。

「はーい、開《あ》けるよ。半分《はんぶん》こするからね」

「半分《はんぶん》こー！」

箱《はこ》を開《あ》けると、ふわっと甘《あま》いにおいがした。

ナイフで半分《はんぶん》に切《き》って、お皿《さら》にのせて、ちょっと大《おお》きく切《き》ったほうを、ペンギンちゃんの前《まえ》に置《お》く。

「はい、どうぞ」

「いただきまーす！」

うまく食《た》べられるのかな、って思《おも》ったら、ペンギンちゃんは器用《きよう》にフォークをあやつって、ミルクレープを食《た》べ始《はじ》めた。

「んー、おいしーい！」

ひと口《くち》食《た》べて、ペンギンちゃんが目《め》を細《ほそ》める。

「お、よかったよかった」

これが本当《ほんとう》においしそうで、わたしも食《た》べる気《き》になってきて、薄《うす》いクレープ生地《きじ》と生《なま》クリームがたくさん重《かさ》なった層《そう》に、フォークを入《い》れた。

「……」

口《くち》に入《い》れると、やさしい甘《あま》さが広《ひろ》がった。

アップルパイじゃないけど、これはこれで。

「うん。……おいしいね」

「おいしいんだよー！」

ペンギンちゃんは軽快《けいかい》にミルクレープを口《くち》に運《はこ》んで、わたしもつられて口《くち》に運《はこ》んで。

「ごちそうさまー！」

「はい、ごちそうさまー」

……半分《はんぶん》このミルクレープ、食《た》べちゃった。

お茶《ちゃ》でもいれようかな、って思《おも》ったそのとき、テーブルの隅《すみ》に置《お》きっぱなしだったスマホが鳴《な》った。

「あ、電話《でんわ》。……エミコだ」

何《なん》ていうタイミング。

ちょっとごめんね、ってペンギンちゃんに言《い》って、スマホを持《も》って腰《こし》を上《あ》げる。

「——もしもし、エミコ？」

「あたしー。久《ひさ》しぶり。いま大丈夫《だいじょうぶ》？」

「うん。家《いえ》だから」

電話《でんわ》しながらキッチンに行《い》って、ポットに水《みず》を入《い》れた。コンロに置《お》いて点火《てんか》する。

「エミコ、転職先見《てんしょくさきみ》つかったんだよね？　いまはどう？」

「前《まえ》のとこよりずっといいよ。今度《こんど》はこぢんまりした事務所《じむしょ》だからさ。そこそこ忙《いそが》しいけど、休《やす》みはちゃんと取《と》れるし」

声《こえ》が明《あか》るい。エミコ、元気《げんき》そうだ。

「よかったねぇ！　……ところで、今日《きょう》はどしたの？」

「あー、あのさ、ユウコってアップルパイ好《す》きだったでしょ」

一瞬《いっしゅん》、返事《へんじ》に詰《つ》まってしまった。

「う、うん。好《す》きだよ？」

「たぶんユウコの好《この》みに完璧合《かんぺきあ》う、アップルパイが食《た》べられるカフェ見《み》つけたんだけど、明日《あした》か明後日《あさって》あたりどうかなって思《おも》って。行《い》かない？　ほら、去年《きょねん》あたしが前《まえ》の仕事辞《しごとや》めたとき、気晴《きば》らしにって、舞台《ぶたい》のチケットゆずってくれたでしょ。そのお礼《れい》もまだしてないし、おごるよ」

そういえば、たまには観劇《かんげき》でもしたいなって思《おも》って、取《と》ったチケットがあったけど、平《へい》日《じつ》の夜《よる》だったし、仕事《しごと》をうまく切《き》り上《あ》げられる気《き》がしなくて、エミコにゆずったんだ。結局《けっきょく》その日《ひ》、やっぱり残業《ざんぎょう》になったから、ゆずっちゃって正解《せいかい》だったんだけど。

「……どんなアップルパイ？」

「パイ皮《がわ》パリパリ、りんごシャリシャリ、カスタード多《おお》め。——どうよ？」

「完璧《かんぺき》」

「シナモンは入《はい》っててもいいんだっけ？」

「それは、どっちでも。……行《い》く。食《た》べたい」

お湯《ゆ》がわいてきて、ポットがカタカタ震《ふる》え始《はじ》めた。

「よし。じゃあ、明日《あした》と明後日《あさって》どっちがいい？」

「どっちも空《あ》いてるけど、洗濯物《せんたくもの》がたまってるから、時間遅《じかんおそ》めでもいい？」

「それはあたしもたまってるわ。じゃあ、明日《あした》の午後《ごご》待ち合《あ》わせで、カフェでお茶《ちゃ》して、晩《ばん》ごはん、どこかで食《た》べよう。——どう？」

「いいね。じゃ、二時《にじ》ごろに……」

待《ま》ち合《あ》わせの時間《じかん》と場所《ばしょ》を決《き》めて、コンロの火《ひ》を消《け》して——ふと、エミコに訊《き》いてみた。

「……ねえ、エミコ。頭《あたま》が黒《くろ》くて顔《かお》が白《しろ》くて、胴体《どうたい》が灰色《はいいろ》のペンギンって、何《なに》ペンギンの赤《あか》ちゃんだった？」

「コウテイペンギンだね」

即答《そくとう》。さすがエミコ。やっぱりあの子《こ》は、コウテイペンギンちゃんだった。

「どした？　急《きゅう》に」

「いや、ペンギンのことならエミコだったな、って」

「かわいーよね、コウテイペンギン。あ、写真見《しゃしんみ》る？　このまえ水族館《すいぞくかん》行《い》って、撮《と》りまくってきたんだけど」

「あはは、見《み》る見《み》る。明日見《あしたみ》せて」

じゃあまた明日《あした》、って、電話《でんわ》を切《き》って、キッチンから振《ふ》り返《かえ》る。

「お待《ま》たせ。緑茶《りょくちゃ》と紅茶《こうちゃ》、どっちが……あれ？」

テーブルの上《うえ》には——空《から》のお皿《さら》二枚《にまい》とフォーク二本《にほん》、ナイフ、ケーキの空箱《からばこ》だけ。

「……ペンギンちゃん？　いないの？」

テーブルの周《まわ》りをさがしたけど、もう、あのご機嫌《きげん》なペンギンちゃんの姿《すがた》は、どこにもなかった。

いなかったわけじゃない。食《た》べ終《お》わったあとのお皿《さら》とフォークが、ちゃんとそこにあるから。

……帰《かえ》っちゃったのかな。

どこへ帰《かえ》ったのかは、わからないけど。

何《なん》となく、そう思《おも》って。

「また来《き》てね。……今度《こんど》はアップルパイ、半分《はんぶん》こしよう。お茶《ちゃ》も、いれておくから」

空《から》になったお皿《さら》に、わたしは小声《こごえ》で話《はな》しかけた。

エレベーターは、あと二人《ふたり》くらい乗《の》れそうだったけど、わたしはあえて乗《の》らずに、少《すこ》し後《うし》ろに下《さ》がった。

そうしたら案《あん》の定《じょう》、二人《ふたり》ぶんの横幅《よこはば》のおじさんが、先《さき》に乗《の》った人《ひと》たちをお腹《なか》で押《お》しこむみたいにして、乗《の》りこんでいく。

……まだ間《ま》に合《あ》うから、あせる必要《ひつよう》ないし。

一本《いっぽん》見送《みおく》って、次《つぎ》のエレベーターで職場《しょくば》に着《つ》くと、向《む》かいの席《せき》の同僚《どうりょう》が早速《さっそく》、フン、と鼻《はな》を鳴《な》らして、小馬鹿《こばか》にした口調《くちょう》で言《い》った。

「またおっさんに押《お》し出《だ》されたんですか。進歩《しんぽ》がないですね」

「……」

月曜日《げつようび》の朝《あさ》から、あいさつもしないで嫌味《いやみ》を言《い》う同僚《どうりょう》には返事《へんじ》をしたくなくて、黙《だま》ってかばんを机《つくえ》に置《お》くと、コーヒーを片手《かたて》に席《せき》に戻《もど》ってきた後輩《こうはい》が、あれー、って声《こえ》を上《あ》げた。

「おはよーございます。桜庭《さくらば》さんって、かばんにマスコットつけてましたっけー？」

「あ、おはよう。……これ？　土曜《どよう》に遊《あそ》んだ友達《ともだち》がくれたの」

かばんにつけた、コウテイペンギンの赤《あか》ちゃんのキーホルダーを指先《ゆびさき》でつつくと、後輩《こうはい》が頬《ほお》を緩《ゆる》めてのぞきこんでくる。

「うわー、かっわいいですねー」

「でしょ？　ペンギン大好《だいす》きな子《こ》でね……」

「まるで子供《こども》ですね。仕事用《しごとよう》の持《も》ち物《もの》にそんなガキくさいチャラチャラした——」

「人《ひと》の持《も》ち物《もの》にケチつけてる余裕《よゆう》があるのか、伊沢《いざわ》」

勝手《かって》に話《はなし》に割《わ》りこんできた同僚《どうりょう》の首根《くびね》っこを、主任《しゅにん》がつかんでいた。

「いますぐ課長《かちょう》のとこに行《い》け。おまえに話《はなし》があるそうだ」

「は？　課長《かちょう》のところ？　何《なん》でですか？　まだ始業時間《しぎょうじかん》じゃ……」

「いいから行《い》け」

見《み》ると課長《かちょう》が、すごーくこわい顔《かお》でこっちを……っていうか、同僚《どうりょう》を見《み》ている。うん、お説教《せっきょう》だね、あれは。

「ところで、桜庭《さくらば》さん、このまえの金曜日《きんようび》、アップルパイ買《か》えたんですかー？」

後輩《こうはい》が、始業前《しぎょうまえ》のコーヒーをおいしそうに飲《の》みながら、訊《き》いてきた。わたしもあとで、お茶《ちゃ》いれてこようかな。

「ううん。閉店《へいてん》ギリギリ間《ま》に合《あ》って、最後《さいご》の一個《いっこ》を買《か》おうとしたんだけど、小学生《しょうがくせい》の子《こ》が食《た》べたいっていうから」

「えーっ？　ゆずっちゃったんですか？　せっかく残《のこ》ってたのに？」

「だって、相手《あいて》は小学生《しょうがくせい》だし」

「……金曜《きんよう》？」

話《はなし》を聞《き》いてた主任《しゅにん》が、けげんな表情《ひょうじょう》でわたしたちを見《み》た。

「あー、桜庭《さくらば》さんって、毎週金曜《まいしゅうきんよう》の仕事帰《しごとがえ》りに、アップルパイ買《か》うのが楽《たの》しみなんですって一。でも、いつも残業《ざんぎょう》だから、閉店《へいてん》になっちゃうって……」

「……え、じゃあ、あのとき晩飯断《ばんめしことわ》ったのって、それで？」

主任《しゅにん》が途惑《とまど》った顔《かお》をしてる。

わたしはちょっと首《くび》をすくめた。

「すみません。せっかく高橋《たかはし》さんが、気《き》を遣《つか》ってくださったのに。でも先週《せんしゅう》は、あのまま帰《かえ》れば、ケーキ屋《や》さんが開《あ》いてる時間《じかん》に間《ま》に合《あ》いそうだったので……」

「……アップルパイ？」

「大好物《だいこうぶつ》なんです。昔《むかし》から」

「誰《だれ》かと待《ま》ち合《あ》わせてたとか、そういうんじゃ……」

「ないです。アップルパイ買《か》いたかったんです」

そう言《い》ったら、主任《しゅにん》はなぜか、拍子《ひょうし》抜《ぬ》けしたみたいに、ぽかんと口《くち》を開《あ》けた。

後輩《こうはい》がマグカップで顔《かお》を半分隠《はんぶんかく》して、くすくす笑《わら》う。

「高橋主任《たかはししゅにん》、桜庭《さくらば》さんをごはんに誘《さそ》って、断《ことわ》られてたんですねー。誘《さそ》うなら金曜日以外《きんようびいがい》のほうがいいと思《おも》いますよー？」

「あ、今週残業《こんしゅうざんぎょう》なしなら、喜《よろこ》んでおごってもらいますよ。いつでもオッケーです」

わたしが軽《かる》く手《て》を挙《あ》げたら、主任《しゅにん》は目《め》をぱちぱちさせて、うなずいた。

「……じゃあ、今夜《こんや》でも」

「はーい。楽《たの》しみにしてます」

「店《みせ》は、こっちで決《き》めても……」

「お任《まか》せします！」

月曜日《げつようび》から晩《ばん》ごはんおごってもらえるなんて、今週《こんしゅう》は何《なん》てラッキー。

いや、一昨日《おととい》もエミコにアップルパイ食《た》べさせてもらったし、もしかして、あのコウテイペンギンの赤《あか》ちゃんって、幸運《こううん》のペンギンちゃんだったのかも。

何《なん》だか楽《たの》しい気分《きぶん》で仕事《しごと》の準備《じゅんび》をしていたら、後輩《こうはい》がこっちに体《からだ》を傾《かたむ》けて、自分《じぶん》の席《せき》に戻《もど》っていく主任《しゅにん》の背中《せなか》を目《め》で追《お》いながら、小声《こごえ》で言《い》った。

「……桜庭《さくらば》さんにごはん断《ことわ》られて、高橋主任《たかはししゅにん》、きっと週末《しゅうまつ》ずーっと落《お》ちこんでたんでしょうねー。それがアップルパイのせいだったなんて、思《おも》ってもいなかったでしょうし」

「えっ？　……あ、まずかったかな。アップルパイのために断《ことわ》ったって、正直《しょうじき》に話《はな》しちゃって……」

上司《じょうし》のねぎらいより、ケーキ一個《いっこ》を優先《ゆうせん》してたなんて、主任《しゅにん》、実《じつ》はあきれてたのかもしれない。いくら主任《しゅにん》がいい人《ひと》でも、言《い》っちゃいけなかったかも。

何《なん》てフォローしようか考《かんが》えてたら、後輩《こうはい》のほうが、あきれた口調《くちょう》になった。

「そーいう意味《いみ》じゃないですよ。……あー、これ高橋主任《たかはししゅにん》、苦労《くろう》するだろうなー。桜庭《さくらば》さん、結構《けっこう》ニブいし……」

「へっ？　何《なに》？」

「なんでもないでーす。さーて、仕事仕事《しごとしごと》……」

空《から》になったマグカップを持《も》って、後輩《こうはい》は席《せき》を立《た》って、どこかへ行《い》ってしまう。……何《なん》だったんだろう、いったい。

首《くび》を傾《かし》げつつ、そろそろ仕事《しごと》が始《はじ》まる時間《じかん》ではあるので、わたしもパソコンを開《ひら》いた。

背後《はいご》の課長席《かちょうせき》のほうから、同僚《どうりょう》が裏返《うらがえ》った声《こえ》で言《い》い訳《わけ》っぽいことをわめいているのが聞《き》こえてくる。

かばんを机《つくえ》の引《ひ》き出《だ》しにしまおうとして、コウテイペンギンの赤《あか》ちゃんのキーホルダーが目《め》に入《はい》った。

……他《ほか》の人《ひと》のことを考《かんが》えてあげられてえらい、か。

自分《じぶん》でゆずっておきながら、きっと、心《こころ》のどこかで、損《そん》ばかりしてる気《き》になっていたんだと思《おも》う。

でも、ミルクレープだっておいしかったし、エレベーターを一本《いっぽん》見送《みおく》っても、遅刻《ちこく》したわけじゃない。

要領《ようりょう》が悪《わる》いのは、もう、どうしようもないけど——あの女《おんな》の子《こ》が、笑顔《えがお》で金曜日最後《きんようびさいご》のアップルパイを食《た》べられたなら、それでいいんじゃないかなって、思《おも》えてきた。

損《そん》したかもってがっかりするより、いいことしたなって、わたしも笑顔《えがお》でいたい。あのご機嫌《きげん》なペンギンちゃんみたいに。

「——桜庭《さくらば》さん」

顔《かお》を上《あ》げると、主任《しゅにん》がおそるおそるって感《かん》じで、わたしに訊《き》いた。

「あのさ、晩飯《ばんめし》、おでん屋《や》でいいかな。季節的《きせつてき》にはちょっと遅《おそ》いけど、変《か》わり種《だね》なんかもあって、どれもうまい店《みせ》があるんだけど……」

「はい。おでん大好《だいす》きです！」

「じゃあ、今日《きょう》の帰《かえ》りはそこで……」

「――は？　朝《あさ》から晩飯《ばんめし》の話《はなし》ですか？　始業前《しぎょうまえ》から終業後《しゅうぎょうご》の話題《わだい》とか、月曜日《げつようび》からそんな浮《うわ》ついた気分《きぶん》でいいんですかね」

ものすごいトゲのある口調《くちょう》の、不機嫌全開《ふきげんぜんかい》な声《こえ》がして、同僚《どうりょう》が戻《もど》ってきた。……十分《じっぷん》と経《た》ってないのに、五歳《ごさい》くらい老《ふ》けたような顔《かお》してる。

「おまえにはまったく関係《かんけい》ない話《はなし》だから気《き》にするな。黙《だま》って仕事《しごと》しろ」

主任《しゅにん》がすかさず、同僚《どうりょう》の肩《かた》を押《お》さえて椅子《いす》に座《すわ》らせた。

わたしはこっそり舌《した》を出《だ》して、引《ひ》き出《だ》しを閉《し》める。

後輩《こうはい》も席《せき》に戻《もど》ってきて、新人《しんじん》くんが遅刻《ちこく》ギリギリで駆《か》けこんできて、またいつもの忙《いそが》しい一週間《いっしゅうかん》が始《はじ》まった。

きっちり定時《ていじ》で上《あ》がって、おでん屋《や》さんに連《つ》れていってもらったら。

主任《しゅにん》にデートで行《い》きたい場所《ばしょ》を訊《き》かれて。

最近友達《さいきんともだち》とペンギンの話《はなし》をしたから、久《ひさ》しぶりに水族館《すいぞくかん》に行《い》きたくなりましたって答《こた》えたら、次《つぎ》の休日《きゅうじつ》に一緒《いっしょ》に水族館《すいぞくかん》に行《い》かないかって、一滴《いってき》もお酒《さけ》を飲《の》んでないのに真《ま》っ赤《か》な顔《かお》で言《い》われて。

わたしはびっくりして、固《かた》まってしまって。

……だから、気《き》のせいだったのかもしれない。

真《ま》っ赤《か》な主任《しゅにん》の横《よこ》で、白黒灰色《しろくろはいいろ》の小《ちい》さな生《い》き物《もの》が、おでんのはんぺんを、おいしそうにほおばっていたように見《み》えたのは。

第《だい》3話《わ》　九《く》月《がつ》一日《ついたち》、星《ほし》ひとつ

転校《てんこう》なんかキライだ。
……転校《てんこう》が好《す》きなヤツが、世《よ》の中《なか》にいるのかどうか、わかんないけど。

「タケルー、まだトランクに荷物《にもつ》残《のこ》ってるよー？」

「――あ、いま行《い》く」

一階《いっかい》から母《かあ》さんに呼《よ》ばれて、急《いそ》いで階段《かいだん》を下《お》りる。……何《なに》が残《のこ》ってたっけ。全部《ぜんぶ》持《も》ってきたと思《おも》ってたのに。

玄関《げんかん》から庭《にわ》に出《で》て、開《あ》けっぱなしの車《くるま》のトランクをのぞいて、何《なん》だったか思《おも》い出《だ》した。

「……望遠鏡《ぼうえんきょう》か」

カツヒロおじさんからもらった、天体望遠鏡《てんたいぼうえんきょう》。最近使《さいきんつか》ってなかったから、忘《わす》れちゃってた。積《つ》むときは、とにかく積《つ》めるだけ積《つ》んじゃえって感《かん》じだったし。

そういえば、この家《いえ》はベランダで望遠鏡使《ぼうえんきょうつか》えるのかな。

望遠鏡《ぼうえんきょう》の箱《はこ》を肩《かた》にかついで、引《ひ》っこしてきたばかりの家《いえ》を見上《みあ》げる。二階《にかい》の南側《みなみがわ》にベランダ。……あれぐらいの広《ひろ》さがあれば、使《つか》えそうだ。

前《まえ》に住《す》んでた家《いえ》は、すぐ目《め》の前《まえ》が高《たか》いマンションで、ベランダに望遠鏡《ぼうえんきょう》なんか出《だ》したらノゾキと思《おも》われそうで、使《つか》えなかったんだ。

……引《ひ》っこし、本当《ほんとう》にこれで最後《さいご》になるのかな。

引《ひ》っこしが最後《さいご》なら、転校《てんこう》もこれが最後《さいご》になるはずなんだけど。

「……」

最後《さいご》だからって、気《き》が重《おも》いのは同《おな》じだけど。

これまで、父《とう》さんの仕事《しごと》の都合《つごう》で、三回引《さんかいひ》っこした。

一回目《いっかいめ》は五歳《ごさい》のとき。幼稚園《ようちえん》を途中《とちゅう》で替《か》わって、転勤先《てんきんさき》の小学校《しょうがっこう》に二年生《にねんせい》の一学期《いちがっき》まで通《かよ》ってた。

二回目《にかいめ》は二年生《にねんせい》の二学期《にがっき》からっていう中途半端《ちゅうとはんぱ》な時期《じき》で、でも、このときはそんなに不安《ふあん》はなかった。

けど、いざ転校《てんこう》してみたら、ガキ大将《だいしょう》みたいなヤツが一人《ひとり》いて、こいつに毎日《まいにち》、後《うし》ろから背中《せなか》や肩《かた》を殴《なぐ》られた。やめろって言《い》ってもやめないし、他《ほか》のクラスメイトも見《み》て見《み》ぬふりだから、先生《せんせい》に相談《そうだん》したら、男《おとこ》の子《こ》は元気《げんき》じゃなきゃダメ、きみもケンカぐらいできなきゃ、って、よくわからない説教《せっきょう》をされた。……理由《りゆう》もなく一方的《いっぽうてき》に殴《なぐ》ってくるのは、ケンカって言《い》わないと思《おも》うんだけど。

学年末《がくねんまつ》まで殴《なぐ》られ続《つづ》けて、三年生《さんねんせい》になってガキ大将《だいしょう》とクラスが離《はな》れて、それからやっと普通《ふつう》の学校生活《がっこうせいかつ》になったと思《おも》ったら、四年生《よねんせい》の一学期《いちがっき》が終《お》わって夏休《なつやす》みになった途端《とたん》、また父《とう》さんが転勤《てんきん》になって、三回目《さんかいめ》の引《ひ》っこしをした。これは予定外《よていがい》の転勤《てんきん》だったみたいで、母《かあ》さんも、あと二年《にねん》ぐらいは引《ひ》っこさなくていいんだと思《おも》ったのに、ってブツブツ言《い》ってた。

四年生《よねんせい》の二学期《にがっき》から通《かよ》い始《はじ》めた学校《がっこう》では、今度《こんど》は何《なん》でかわからないけど、クラス中《じゅう》からシカトされた。いないヤツ扱《あつか》いはキツかったけど、殴《なぐ》られるよりマシだと思《おも》って、また学《がく》年《ねん》が上《あ》がるのを待《ま》った。

でも、やっと五年生《ごねんせい》になったのに、シカトは続《つづ》いた。よりによって、四年生《よねんせい》のときにオレをシカトしろってみんなに命令《めいれい》してたヤツと、クラス替《が》えで同《おな》じクラスになったから。そいつは誰《だれ》にでも命令《めいれい》するのが好《す》きなヤツで、よくわかんないけど、逆《さか》らうと面倒《めんどう》くさいことになるらしくって、みんな黙《だま》って従《したが》ってた。

これで二年間《にねんかん》、学校《がっこう》で誰《だれ》ともしゃべらないますごすんだなって思《おも》ってたら、一学期《いちがっき》が終《お》わったところで、父《とう》さんがまた転勤《てんきん》になった。——これが今回《こんかい》の引《ひ》っこし。

また母《かあ》さんがブツブツ言《い》うのかなって思《おも》ってたら、今度《こんど》は何《なに》も言《い》わなかった。父《とう》さんにそのことを話《はな》したら、母《かあ》さんから「今年中《ことしじゅう》に転勤《てんきん》になるようにしてもらって」って、すごいせっつかれて、会社《かいしゃ》と話《はな》し合《あ》って転勤《てんきん》になったんだって、教《おし》えてもらった。母《かあ》さんは、オレがずっとシカトされてたの、わかってたって。クラス替《が》えがあっても何《なに》も変《か》わらなかったから、それなら転勤《てんきん》を早《はや》めてもらおうって。……オレ、母《かあ》さんにも父《とう》さんにも、何《なに》も話《はな》してなかったのに。

そういうわけで、四回目《よんかいめ》の引《ひ》っこしなんだけど。

父《とう》さんの転勤《てんきん》は、どうやらこれで最後《さいご》らしい。

実《じっ》はこの引《ひ》っこし先《さき》は、父《とう》さんと母《かあ》さんがもともと住《す》んでたところで、オレもここで生《う》まれたんだって、引《ひ》っこし前《まえ》に聞《き》いた。つまり、仕事《しごと》であっちこっち転々《てんてん》として、やっと故郷《こきょう》に帰《かえ》ってこられた、っていうこと。

もともとオレが中学生《ちゅうがくせい》になるころには、戻《もど》ってこられる予定《よてい》だったみたいだけど、それより早《はや》く帰《かえ》ってこられたって、父《とう》さんと母《かあ》さんは喜《よろこ》んでた。

オレもシカトの学校《がっこう》から転校《てんこう》できて、それはほっとしたけど――五歳《ごさい》までしかいなかったところじゃ、正直《しょうじき》、ほとんど記憶《きおく》はない。幼稚園《ようちえん》のことを、ボンヤリ憶《おぼ》えてるぐらい。だから父《とう》さんと母《かあ》さんが懐《なつ》かしがって喜《よろこ》んでても、オレにとっては、ただの四回目《よんかいめ》の引《ひ》っこし先《さき》、っていう感《かん》じしかない。


天体望遠鏡《てんたいぼうえんきょう》の箱《はこ》を出《だ》したら、車《くるま》のトランクはもう空《から》だった。

箱《はこ》を肩《かた》にかついだまま、背《せ》のびして、片手《かたて》でトランクを閉《し》める。

「……よっ、と」

そろそろ八月《はちがつ》が終《お》わるけど、日《ひ》ざしが強《つよ》くてジリジリ暑《あつ》い。暑《あつ》いっていうか熱《あつ》い。

……ノドかわいたな。飲《の》み物《もの》、まだあったっけ。

箱《はこ》を抱《かか》えて家《いえ》の中《なか》に戻《もど》って、二階《にかい》に持《も》っていく前《まえ》にリビングのドアを開《あ》けたら、父《とう》さんと母《かあ》さんが、ペットボトルの麦茶《むぎちゃ》を飲《の》んでた。

「オレのもある？」

「あるよ。麦茶《むぎちゃ》とオレンジジュース、どっちがいい？」

「麦茶《むぎちゃ》」

さっきコンビニで買《か》ってきた麦茶《むぎちゃ》は、ちょっとぬるくなってた。

「……あのさ、オレ、五歳《ごさい》までこのへんに住《す》んでたんだよね？」

まだ全然《ぜんぜん》片付《かたづ》いてないリビングを見《み》まわしながら訊《き》いたら、母《かあ》さんがちょっと首《くび》を傾《かし》げた。

「このへん？　っていうほど近《ちか》くはないかな。昔《むかし》住《す》んでたのは五丁目《ごちょうめ》ね。ここは二丁目《にちょうめ》だから」

「……アパート？」

「そうそう。思《おも》い出《だ》した？　アパートの二階《にかい》」

それも何《なん》となく憶《おぼ》えてる。

「五丁目《ごちょうめ》より、このあたりのほうが便利《べんり》だぞ。スーパーは近《ちか》いし、公園《こうえん》もあるし」

父《とう》さんがタオルで汗《あせ》をふきながら言《い》った。

「片付《かたづ》けが落《お》ち着《つ》いたら、このへんゆっくり見《み》てまわろうな。小学校《しょうがっこう》までの道《みち》も確認《かくにん》しておかなきゃいけないし」

「……うん」

「片付《かたづ》いても片付《かたづ》いてなくても、あとで買《か》い物《もの》には行《い》かなきゃ。冷蔵庫《れいぞうこ》空《から》っぽだし」

「夕飯《ゆうはん》は外食《がいしょく》でいいんじゃないの？　公園《こうえん》の横《よこ》にファミレスあっただろ」

「今晩《こんばん》はそれでよくても、明日《あした》の朝《あさ》ごはんが……」

父《とう》さんと母《かあ》さんが買《か》い物《もの》の相談《そうだん》を始《はじ》めたから、オレは麦茶《むぎちゃ》のペットボトルを持《も》って、リビングを出《で》た。また天体望遠鏡《てんたいぼうえんきょう》の箱《はこ》をかついで、階段《かいだん》を上《あ》がる。

父《とう》さんも母《かあ》さんも、何《なん》となく浮《う》かれてるみたいだ。故郷《こきょう》に帰《かえ》れてうれしいっていうだけじゃなく、たぶん、この家《いえ》が買《か》えたからっていうのも、あるんだと思《おも》う。

ここに戻《もど》れることになってから、父《とう》さんと母《かあ》さんはすぐ、新《あたら》しく住《す》む家《いえ》をさがしてた。こっちに戻《もど》れたら家《いえ》を買《か》うって、前《まえ》から決《き》めてたらしい。

でも、父《とう》さんから、ちょうどいい新築《しんちく》の家《いえ》が売《う》り出《だ》されてたから買《か》うって聞《き》いたとき、オレが真《ま》っ先《さき》に思《おも》ったのは、「買《か》っちゃうんだ」だった。

この家《いえ》がイヤなわけじゃない。いままで住《す》んでたところより広《ひろ》いし、自分《じぶん》の部屋《へや》もあるし。

けど、買《か》っちゃったら――もう、これからは、そう簡単《かんたん》には引《ひ》っこせない。

転勤《てんきん》もないから、転校《てんこう》もない。

オレは自分《じぶん》の部屋《へや》のドアを開《あ》けて、望遠鏡《ぼうえんきょう》の箱《はこ》を床《ゆか》に置《お》いた。

開《あ》けた窓《まど》から少《すこ》し風《かぜ》は入《はい》ってくるけど、まだクーラーも扇風機《せんぷうき》も動《うご》かしてないから、蒸《む》し暑《あつ》い。窓《まど》の外《そと》で、ツクツクボウシが鳴《な》いてる。

……今回《こんかい》もまた、二学期《にがっき》スタートなんだよな。

三回目《さんかいめ》の、中途半端《ちゅうとはんぱ》な時期《じき》の転校《てんこう》。今度《こんど》は何《なに》があるんだろう。殴《なぐ》られる？　シカト？　それとも別《べつ》のことか？　物《もの》を隠《かく》されたり壊《こわ》されたりとか、悪口言《わるくちい》われたりとか、そういうやつかも。

「……」

考《かんが》えれば考《かんが》えるほど落《お》ちこんできて、ベッドに寝《ね》そべった。まだ全然片付《ぜんぜんかたづ》いてない、段《だん》ボールだらけだから、こんなダラダラしてちゃいけないんだけど。

二学期《にがっき》が始《はじ》まる九月一日《くがつついたち》まで、あと何日《なんにち》だっけ。……もう十日《とおか》もない。

こんなふうに何《なに》もしてなくたって、時間《じかん》はどんどんすぎていく。一秒一秒《いちびょういちびょう》、九月一日《くがつついたち》に近《ちか》づいていく。

……やだな。

すぐに起《お》き上《あ》がる気《き》になれなくて、オレはしばらくそのまま、ぼーっとツクツクボウシの鳴《な》き声《ごえ》を聞《き》いてた。

昼間《ひるま》は母《かあ》さんに、早《はや》く片付《かたづ》けちゃいなさいってしかられながら、自分《じぶん》の荷物《にもつ》をどんどん開《あ》けて、夕方《ゆうがた》ちょっと涼《すず》しくなってから、父《とう》さんに近所《きんじょ》の道《みち》を教《おし》えてもらって。

そんなことをしてるうちに、いよいよ八月三十一日《はちがつさんじゅういちにち》になった。

「上《うわ》ばきは玄関《げんかん》に置《お》いてあるから、明日《あした》忘《わす》れないで持《も》っていきなさいよ。ハンカチも、寝《ね》る前《まえ》にちゃんと用意《ようい》して」

「わかってるって。……ハンカチなら、もう出《だ》してあるよ」

「タケルはただでさえ愛想《あいそ》がないんだから、せめて大《おお》きな声《こえ》で、ハキハキ自己紹介《じこしょうかい》するのよ？」

「……それ、この前《まえ》の転校《てんこう》のときも聞《き》いた」

風呂上《ふろあ》がりにキッチンで冷《つめ》たいお茶《ちゃ》を飲《の》んでたら、母《かあ》さんから明日《あした》の注意《ちゅうい》を聞《き》かされた。

これでも一応《いちおう》、転校《てんこう》の自己紹介《じこしょうかい》はハキハキやってるつもりなんだけど。愛想《あいそ》がどうとかは、正直《しょうじき》、よくわからない。前《まえ》に同《おな》じクラスになった女子《じょし》に、ぼーっとしてて何考《なにかんが》えてるかわからないって、言《い》われたことがあるから、そういうところなのかも。

「じゃあ、今日《きょう》は早《はや》く寝《ね》なさいよ？　ゲームやってちゃダメだからね」

「……わかったってば。おやすみなさい」

「はい、おやすみ」

空《から》になったコップを置《お》いて、リビングでテレビを見《み》てる父《とう》さんにもおやすみって言《い》って、二階《にかい》に上《あ》がる。

自分《じぶん》の部屋《へや》に戻《もど》って、クーラーのタイマーをセットして――勢《いきお》いよくベッドに寝転《ねころ》がった。

そもそもゲームやる気分《きぶん》じゃなかったけど、むしろゲームでもやったほうが、気《き》がまぎれるのかもしれない。

明日《あした》が九月一日《くがつついたち》だと思《おも》うと、寝《ね》たくなくなってくる。……寝《ね》たら、あっというまに明日《あした》の朝《あさ》になっちゃうから。

「……」

寝転《ねころ》がったままで、枕元《まくらもと》にたまたま置《お》いてあった、星座《せいざ》の本《ほん》を広《ひろ》げた。引《ひ》っこし前《まえ》に買《か》ったけど、まだ読《よ》んでなかったんだ。

……今年《ことし》は、流星群《りゅうせいぐん》が見《み》たいな。

去年《きょねん》はひとつも見《み》られなかったし、この夏《なつ》のペルセウス座流星群《ざりゅうせいぐん》も、引《ひ》っこしの準備《じゅんび》でバタバタしてて、それどころじゃなかった。

十月《じゅうがつ》にオリオン座流星群《ざりゅうせいぐん》。十一月《じゅういちがつ》にしし座《ざ》。十二月《じゅうにがつ》にふたご座《ざ》――広《ひろ》い場所《ばしょ》で見《み》たいけど、父《とう》さんに連《つ》れてってもらった近《ちか》くの公園《こうえん》は、木《き》が多《おお》くて、あんまり見晴《みは》らしがいい感《かん》じじゃなかった。広場《ひろば》のある公園《こうえん》ならよかったのに。

そんなことを考《かんが》えながら、うつぶせになって本《ほん》のページをめくってたら、目《め》のすみで、何《なに》か動《うご》いた気《き》がした。

何《なに》も考《かんが》えないでそっちを見《み》て――びっくりして、はね起《お》きた。

部屋《へや》のすみに置《お》いた天体望遠鏡《てんたいぼうえんきょう》の箱《はこ》の前《まえ》に、シロクマ……たぶんシロクマだと思《おも》う。それと、こっちもたぶん、ペンギン。何《なに》ペンギンだったか忘《わす》れたけど、なんとかペンギンの子供《こども》。それからペンギンの頭《あたま》の上《うえ》を、何《なに》か、白《しろ》くて丸《まる》くて尾《お》っぽの長《なが》い、小《ちい》さい鳥《とり》が飛《と》んでる。

何《なに》これ。何《なん》だこれ。

「これ、なにかなぁ？」

「これは天体望遠鏡《てんたいぼうえんきょう》というんだよ。月《つき》や星《ほし》をよく見《み》るための道具《どうぐ》なんだよ」

「そーなんだー！」

「フン……道具《どうぐ》などなくとも、月《つき》や星《ほし》は見《み》えるであろう（どんなふうに見《み》えるんだろう）」

「小《ちい》さな月《つき》が大《おお》きく見《み》えたり、目《め》ではよく見《み》えない星《ほし》も見《み》えたりするんだよ」

「すごーい！」

……何《なん》だろう。シロクマとペンギンと小鳥《ことり》が、会話《かいわ》してるみたいなんだけど。

目《め》をこすっても、何度《なんど》まばたきしても、しゃべる動物《どうぶつ》たちは消《き》えなかった。……オレ、あんなぬいぐるみ持《も》ってないし、ほんと、何《なん》なんだろう。

「ここには宇宙《うちゅう》の本《ほん》がたくさんあるね」

今度《こんど》はシロクマが、オレの本棚《ほんだな》をぐるっとながめてそう言《い》って――

「きみも、宇宙《うちゅう》が好《す》きなんだね」

……オレのほうを見《み》た。

目《め》が合《あ》うのがこわくて、オレはとっさに、持《も》ってた本《ほん》で顔《かお》を隠《かく》す。

何《なん》だかよくわからないけど、部屋《へや》に動物《どうぶつ》がいるのはありえない。

だから、一《いち》、二《に》、三《さん》で本《ほん》をどけたら、きっと消《き》えてるはず。……よし。

一《いち》、二《に》――

「これも宇宙《うちゅう》の本《ほん》かなぁ？」

「そうだね。星《ほし》の本《ほん》だね」

「……っ!?」

三《さん》まで数《かぞ》える前《まえ》に、すぐ近《ちか》くで声《こえ》がした。

思《おも》わず本《ほん》を下《さ》げたら――シロクマとペンギンと小鳥《ことり》が、ベッドの真横《まよこ》にいた。

消《き》えるどころか近《ちか》づいてくるって、どういうことだよ……。

どうにもできなくて、オレが固《かた》まってると、シロクマがゆっくりと顔《かお》を上《あ》げて、オレを見《み》た。今度《こんど》こそ、ばっちり目《め》が合《あ》う。

「その本《ほん》を、一緒《いっしょ》に読《よ》んでもいいかな」

「どっ……どうぞ……」

……オレは何《なん》で、どうぞなんて言《い》っちゃったんだろう。

答《こた》えた瞬間《しゅんかん》に後悔《こうかい》したのに、やっぱりダメって言《い》えなくて、シロクマがのっそりとベッドに上《あ》がってきた。そしたらペンギンまでジャンプして、一緒《いっしょ》に上《あ》がってくる。小鳥《ことり》はオレの頭《あたま》の上《うえ》を、ぐるぐる飛《と》んでた。

「これは、星座《せいざ》の本《ほん》だね」

「せいざ？」

「夜空《よぞら》の星《ほし》をつないで、人《ひと》や動物《どうぶつ》の絵《え》にしたものだよ」

「どれどれ。……フン、これが絵《え》だと？（たくさんあってすごいなあ）」

シロクマがオレの後《うし》ろにまわりこんで、白《しろ》いモフモフした手《て》で、オレが持《も》ってる本《ほん》のページをめくっていく。

ペンギンはいつのまにかオレのひざに乗《の》ってて、小鳥《ことり》も左肩《ひだりかた》にとまって、何《なに》かしゃべってた。……ほんとに何《なん》だろう、これ。

わけがわからない。わからないけど——背中《せなか》もひざもモフモフしてて、何《なに》か、でっかいぬいぐるみに囲《かこ》まれてるみたいな感《かん》じがする。

……あったかい。

あったかくて、何《なん》だか、眠《ねむ》くなりそうな——

「……やばっ」

ほんとに寝《ね》そうになって、オレはあわてて頭《あたま》を振《ふ》った。

ペンギンが、オレのほうを振《ふ》り返《かえ》る。

「どうしたのー？」

「……寝《ね》そうになったから」

「寝《ね》てもいいんだよー」

「いや。……寝《ね》たくないんだよ。寝《ね》たら、すぐ明日《あした》になっちゃうだろ」

何《なん》でオレ、ペンギンと会話《かいわ》してるんだろう。

「明日《あした》になるのがいやなの？」

「……新《あたら》しい学校《がっこう》に行《い》かなきゃいけないんだけど、いままで通《かよ》ってた学校《がっこう》には、だいたいいつも、いじわるなヤツがいて、いいことなかったから……」

何《なん》で動物《どうぶつ》にこんなこと話《はな》してるんだろう、って思《おも》うけど。

……でも、親《おや》にはこんな話《はなし》、できない。

父《とう》さんも母《かあ》さんも、ここに引《ひ》っこせて、本当《ほんとう》に喜《よろこ》んでるから。

「もちろん、新《あたら》しい学校《がっこう》で、いいことがあるか、またいやなことがあるかなんて、行《い》ってみないとわかんないけどさ……」

どっちになるかは、半分半分《はんぶんはんぶん》。ただ、いやなヤツはどこにでもいる、ってことを考《かんが》えると、半分半分《はんぶんはんぶん》だとも言《い》えない気《き》がしてくる。

「……せめて、友達《ともだち》ができればいいんだけど」

そんなにたくさんじゃなくていい。一人《ひとり》か二人《ふたり》でもいいから。

「きみはいい子《こ》だから、きっと友達《ともだち》ができるよ」

右肩《みぎかた》の近《ちか》くで、シロクマの声《こえ》がした。

「……いい子《こ》？」

「いじわるをされても、きみはいじわるをしなかったんだから、いい子《こ》だよ」

「それは……やり返《かえ》せなかっただけで……」

「きみは、やさしい子《こ》だよ」

「……」

背中《せなか》がふかふかして、あったかい。気《き》を抜《ぬ》いたら、また寝《ね》ちゃいそうだ。

「やなことは、きみが寝《ね》てるうちに、ぼくが食《た》べちゃうよ！」

「ククク……そのまま深《ふか》い眠《ねむ》りに落《お》ちるがよい……（ちゃんと寝《ね》ないと、朝起《あさお》きられなくなるよー）」

「……うん……」

シロクマとペンギンと小鳥《ことり》。……いったい何《なん》なのか、まだ全然《ぜんぜん》わかんないけど。

ただ、明日《あした》をこわがってるオレを、安心《あんしん》させようとしてくれてるんだってことはわかって。

きみは
やさしい子《こ》だよ

やなことは
きみが寝《ね》てるうちに
ぼくが食《た》べちゃうよ！

ククク…
そのまま深《ふか》い眠《ねむ》りに
落《お》ちるがよい…

（ちゃんと寝《ね》ないと
朝《あさ》起《お》きられなくなるよー）

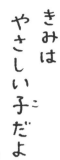

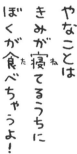

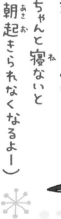

オレは、ふかふかモフモフに囲《かこ》まれて、いつのまにか、ぐっすり寝《ね》てしまってた。


「萩原《はぎわら》タケルです。五歳《ごさい》までこの町《まち》に住《す》んでました。よろしくお願《ねが》いします」

九月一日《くがつついたち》の朝《あさ》――転入《てんにゅう》するクラスで、オレは短《みじか》い自己紹介《じこしょうかい》をして、頭《あたま》を下《さ》げた。

昨夜《さくや》ものすごくぐっすり寝《ね》たせいか、今朝《けさ》は自分《じぶん》でもびっくりするぐらい、スッキリした気分《きぶん》だった。

朝起《あさお》きたら、シロクマもペンギンも小鳥《ことり》もいなくて、だけど星座《せいざ》の本《ほん》は、なぜか枕元《まくらもと》じゃなく、本棚《ほんだな》にきちんとしまってあって。

……でも、あれは夢《ゆめ》だったんだと思《おも》う。本《ほん》は、たぶん、寝《ね》ぼけてても自分《じぶん》でしまったんだ。そうとしか思《おも》えない。

ただ、オレが寝《ね》てるあいだに「やなこと」は食《た》べるって、ペンギンが言《い》ってたことは、まるでほんとだったみたいに、あんなに次《つぎ》の日《ひ》がこわかった気持《きも》ちがなくなってて、ああ今日《きょう》から二学期《にがっき》なんだ、って――それだけで家《いえ》を出《で》ることができた。

「萩原《はぎはら》くんは、お父《とう》さんのお仕事《しごと》の都合《つごう》で、四回《よんかい》お引《ひ》っこししています。勉強《べんきょう》も、そのほかにも、学校《がっこう》ごとに違《ちが》うことがいろいろあるでしょうから、みんな、萩原《はぎはら》くんがこの学校《がっこう》に早《はや》く慣《な》れることができるように、手伝《てつだ》ってあげてね」

担任《たんにん》の先生《せんせい》の言葉《ことば》に、誰《だれ》もわざわざ返事《へんじ》なんかしなくて、みんなただ、オレをじろじろ見《み》るだけだった。大勢《おおぜい》の目《め》が自分《じぶん》に集《あつ》まる、この居心地悪《いごこちわる》い感《かん》じは、何回転校《なんかいてんこう》しても、慣《な》れない。

「後《うし》ろに空《あ》いている席《せき》があるでしょう。萩原《はぎはら》くんは、そこに座《すわ》って。――それじゃ、みんな、夏休《なつやす》みの宿題《しゅくだい》を机《つくえ》の上《うえ》に出《だ》して……」

担任《たんにん》の先生《せんせい》が指《ゆび》さした、一番後《いちばんうし》ろの席《せき》まで歩《ある》いていくあいだも、クラスの半分《はんぶん》ぐらいの目《め》が、オレを追《お》いかけていた。転校初日《てんこうしょにち》に注目《ちゅうもく》されるのは、もう、しょうがない。

「提出《ていしゅつ》は、出席番号順《しゅっせきばんごうじゅん》にね。ここにドリル、こっちに読書感想文《どくしょかんそうぶん》を……」

それでも先生《せんせい》の話《はなし》が始《はじ》まれば、みんなだんだん、そっちに気《き》が向《む》いていく。

今日《きょう》は二学期最初《にがっきさいしょ》の日《ひ》だから、授業《じゅぎょう》はない。もう少《すこ》ししたら、帰《かえ》れるはず。

みんなが夏休《なつやす》みの宿題《しゅくだい》を出《だ》すために席《せき》を立《た》つあいだ、オレは自分《じぶん》の席《せき》でじっとしてた。

そうしたら、赤《あか》いT《ティー》シャツの男子《だんし》が一人《ひとり》、提出《ていしゅつ》し終《お》わってから、まっすぐこっちに歩《ある》いてきた。

「――なぁ」

オレの真《ま》ん前《まえ》に立《た》って、えんりょなく顔《かお》をのぞきこんでくる。

「おまえさ、このあいだ引《ひ》っこしてきた？　二丁目《にちょうめ》の、新《あたら》しい家《いえ》」

「え。……うん、十日《とおか》ぐらい前《まえ》に……」

こいつは何《なん》で、オレの家《いえ》が二丁目《にちょうめ》だって、知《し》ってるんだろう。

「じゃあ、やっぱ、おまえだったんだ。引《ひ》っこしてるとこ、見《み》たんだよ。おれんちも二丁《にちょう》目《め》だから」

「見《み》た……あ、見《み》てたんだ」

そういうことか。

「でさ。——おまえ、望遠鏡《ぼうえんきょう》持《も》ってなかった？　天体望遠鏡《てんたいぼうえんきょう》」

「……」

あのときか。トランクから出《だ》したとこ、見《み》てたのか。

うなずいたら、赤《あか》いＴ《ティー》シャツの男子《だんし》がオレの机《つくえ》に手《て》をついて、ぐっと体《からだ》を乗《の》り出《だ》してきた。

「星《ほし》、好《す》きなのか？　天文《てんもん》、キョーミある？」

「……ある。そんなにくわしいってわけじゃないけど……」

「えー、でも、望遠鏡《ぼうえんきょう》持《も》ってるんだろ？」

「あれは、おじさんにもらったんだ。おじさんも天文好《てんもんず》きで、新《あたら》しいのを買《か》うからって、あれをお下《さ》がりに……」

「へー、いいな。おれも星好《ほしず》きだけど、望遠鏡《ぼうえんきょう》持《も》ってなくてさ」

「——中村《なかむら》くーん、おしゃべりはあとにして、席《せき》に着《つ》きなさーい」

いつのまにか宿題《しゅくだい》の提出《ていしゅつ》は全員《ぜんいん》終《お》わってて、立《た》ってるのはオレの目《め》の前《まえ》にいる男子《だんし》だけになってた。

「あー、またあとでな」

男子《だんし》は急《いそ》いで、三列前《さんれつまえ》の席《せき》に戻《もど》っていく。

……びっくりした。

同《おな》じクラスに天文好《てんもんず》きなやつがいたのなんか、初《はじ》めてだ。

もしかしたら、いままでもいたのかもしれないけど、そんな話《はなし》ができるような状況《じょうきょう》じゃなかったし。

明日《あした》からのことを、担任《たんにん》の先生《せんせい》がいろいろ話《はな》して、帰《かえ》りのあいさつをして、今日《きょう》はそれで終《お》わった。みんなすぐに席《せき》を立《た》って、帰《かえ》り支度《じたく》を始《はじ》める。……またあとで、って言《い》われたけど。

「――タケル？　だっけ？」

オレが席《せき》を立《た》つ前《まえ》に、さっきの赤《あか》いＴ《ティー》シャツの男子《だんし》が、こっちに来《き》た。

「あ、うん。タケルで合《あ》ってる。……えーと……」

「ああ、おれ、ダイキ。中村《なかむら》ダイキ。二丁目《にちょうめ》なら、帰《かえ》り道同《みちおな》じだろ？」

「たぶん。……用水路《ようすいろ》の横《よこ》をまっすぐ行《い》って、歯医者《はいしゃ》の角《かど》を曲《ま》がって……」

「そうそう。同《おな》じだ。今日《きょう》、もうこれで帰《かえ》れる？　じゃあさ、ちょっととなりのクラスに寄《よ》ってよ。もう一人《ひとり》、星好《ほしず》きなやつがいるんだけど、そいつも帰《かえ》り道同《みちおな》じだから」

「……うん」

これは――一緒《いっしょ》に帰《かえ》ってもいい、ってことだよな？

ランドセルをしょって、「ダイキ」を追《お》いかけて廊下《ろうか》に出《で》る。そうしたら、クラスの男子《だんし》が何人《なんにん》か、ついてきた。

「なーなー、五歳《ごさい》までここにいたって、どこ幼稚園《ようちえん》？」

「え。あ、たしか……やまびこ幼稚園《ようちえん》」

「あー、やまびこか」

「マコトと同《おな》じじゃね？」

「トモキとショウマもだろ。あと女子《じょし》も何人《なんにん》か」

「引《ひ》っこし四回《よんかい》ってスゲーな。どことどこ行《い》ったん？」

「えーと、最初《さいしょ》が……」

廊下《ろうか》で囲《かこ》まれて、急《きゅう》に質問《しつもん》ぜめにされたけど、ダイキは先《さき》に帰《かえ》ったりしないで、すぐ近《ちか》くにいた。

そのうちに、となりのクラスも終《お》わったみたいで、みんな次々《つぎつぎ》と廊下《ろうか》に出《で》てくる。

「──あ、いた。おーい、リョウジ！　ほら、このあいだの、望遠鏡《ぼうえんきょう》持《も》ってたやつ！」

ダイキがオレの腕《うで》をつかんで、誰《だれ》かに向《む》かって大《おお》きく手《て》を振《ふ》った。となりのクラスから出《で》てきたばっかりの男子《だんし》が、こっちを見《み》る。

「え、いたの？　マジで？　やっぱ転校生《てんこうせい》？　てか、同《おな》じ学年《がくねん》？」

「こっちのクラスの転校生《てんこうせい》だった。──よーし、帰《かえ》ろうぜ、タケル」

ダイキと、となりのクラスの男子《だんし》と、いろいろ質問《しつもん》してきたクラスメイトたちに囲《かこ》まれたまま、オレは学校《がっこう》を出《で》た。

……いままで転校《てんこう》したときも、最初《さいしょ》はあれこれ訊《き》かれたし、話《はな》しかけられもしたけど、今回《こんかい》は何《なん》ていうか、ちょっと勢《いきお》いが違《ちが》った。

これで明日《あした》からシカトなんてことは……ないよな、さすがに。

帰《かえ》る方向《ほうこう》が違《ちが》うからって、一人《ひとり》減《へ》って二人《ふたり》減《へ》って、最後《さいご》に同《おな》じ帰《かえ》り道《みち》に残《のこ》ったのは、ダイキと、となりのクラスの「リョウジ」だった。

「——流星群《りゅうせいぐん》見《み》るならさ、けやき公園《こうえん》じゃダメだよ。あそこは木《き》がジャマだし」

ダイキの天文《てんもん》好《ず》き仲間《なかま》だっていうリョウジが、空《そら》を指《ゆび》さして言《い》った。

「広場《ひろば》あるとこなら、やっぱ防災公園《ぼうさいこうえん》だよな」

「防災公園《ぼうさいこうえん》？　どこ？」

「けやき公園《こうえん》のもうちょい先《さき》。防災倉庫《ぼうさいそうこ》しかない広場《ひろば》だから、星見《ほしみ》るにもサッカーとかやるにも、そっちのがいいんだよ」

「場所《ばしょ》知《し》らん？　チャリで十分《じっぷん》かかんないよ。あとで行《い》ってみる？」

「一度《いちど》帰《かえ》って、メシ食《く》ったら行《い》こっか。——タケル、チャリある？」

「ある。こっち来《き》て買《か》ったから」

「じゃあ、一時《いちじ》にタケルんちの前《まえ》に集合《しゅうごう》な」
勢《いきお》いで――転校初日《てんこうしょにち》から、遊《あそ》びにいくことになった。

家《いえ》に帰《かえ》って、二階《にかい》の自分《じぶん》の部屋《へや》に上《あ》がっても、やっぱりシロクマもペンギンも小鳥《ことり》もいなかった。

あれはきっと夢《ゆめ》で、だから、いなくてあたりまえなんだけど、ちょっとさびしい気《き》もした。……今回《こんかい》の転校《てんこう》は、友達《ともだち》ができるかもしれないってこと、伝《つた》えたかったから。

昼《ひる》ごはんを食《た》べて、一時《いちじ》に外《そと》に出《で》たら、ダイキとリョウジは、もう自転車《じてんしゃ》に乗《の》って、うちの門《もん》の前《まえ》にいた。

「おー、行《い》くぞー」

「うん」

まだカンカンに日《ひ》が照《て》ってて、外《そと》に出《で》ただけで汗《あせ》が浮《う》いてくる。

自転車《じてんしゃ》に乗《の》って、オレはダイキとリョウジのあとについていった。

夏休《なつやす》みのうちに父《とう》さんと歩《ある》いた道《みち》をこえて、ペダルをこいでいくと、住宅地《じゅうたくち》がとぎれたところで、急《きゅう》に目《め》の前《まえ》が広《ひろ》くなる。

そんなに高《たか》くないフェンスに囲《かこ》まれた、広場《ひろば》があった。ダイキとリョウジが、自転車《じてんしゃ》を止《と》める。

「――ここ？」

「そう。ここ。そんな遠《とお》くないだろ？」

「うん。……ここのほうが、星《ほし》がよく見《み》えそう」

広場《ひろば》には銀色《ぎんいろ》の倉庫《そうこ》がひとつあるだけで、木《き》とかは何《なに》もない。

「去年《きょねん》、しし座流星群《ざりゅうせいぐん》のときにここに見《み》にこようとしたんだけどさ、天気《てんき》とか予定《よてい》とか、合《あ》わなかったんだよなー」

ダイキが、手《て》の甲《こう》で顔《かお》の汗《あせ》をふきながら言《い》った。

「ふたご座《ざ》のときは？　そっちのが、数《かず》たくさん見《み》られると思《おも》うけど……」

「十二月《じゅうにがつ》も、結局《けっきょく》ダメだった。今年《ことし》こそ見《み》たいんだけどさ。……てか、やっぱ昼《ひる》に出《で》てくると暑《あつ》いなー」

「ラムネ飲《の》みにいくか？」

リョウジがそう言《い》って、自転車《じてんしゃ》の方向《ほうこう》を変《か》えた。

「……ラムネ？」

「この近《ちか》くの酒屋《さかや》で、売《う》ってるんだよ。ビー玉入《だまはい》ったやつ」

「え、マジで？　オレ、たぶん一回《いっかい》しか飲《の》んだことない」

いつだったか忘《わす》れたぐらい昔《むかし》に、たしか飲《の》んだことはあった気《き》がするけど。

ダイキとリョウジが、オレを振《ふ》り返《かえ》って、ニッと笑《わら》った。

「おー、じゃあ、飲《の》みにいくか」

「金《かね》ある？　百五十円《ひゃくごじゅうえん》だけど」

「あ、小銭《こぜに》持《も》ってる。平気《へいき》」

「よっしゃ、行《い》くぞー」

二人《ふたり》のあとについて、自転車《じてんしゃ》をこぎながら――オレは、きっと、ここなら大丈夫《だいじょうぶ》だって思《おも》った。

明日《あした》からも、たぶん誰《だれ》もオレを殴《なぐ》らないし、誰《だれ》もシカトしない。……「やなこと」は、もう全部《ぜんぶ》、消《き》えたんだ。昨夜《さくや》、オレが寝《ね》てる間《ま》に。

うすい青色《あおいろ》のビンを傾《かたむ》けると、中《なか》でビー玉《だま》がきらっと光《ひか》った。

ビンはよく冷《ひ》えてて、首《くび》にあてると気持《きも》ちいい。

酒屋《さかや》の前《まえ》の日陰《ひかげ》で、三人《さんにん》並《なら》んでラムネを飲《の》んでたら、ダイキがポケットからスマホを取《と》り出《だ》した。

「ユウタからだ。いまからゲームやりに来《こ》ないかって」

「他《ほか》に誰《だれ》がいんの？」

「ハルトとケイスケだって。行《い》く？」

「そーだな。外暑《そとあつ》いしな。ラムネ飲《の》んだら行《い》くって返事《へんじ》しといて」

「わかった。――タケルも行《い》けるだろ？」

「……行《い》っていいの？」

相手《あいて》がどこの誰《だれ》かも知《し》らないし、そもそもオレは、さそわれてないはず。

そうしたら、ダイキはきょとんとした顔《かお》で言《い》った。

「もう三人《さんにん》で行《い》くって、返事《へんじ》しちゃったけど」

「え、早《はや》っ」

「このあと何《なに》か用事《ようじ》あった？」

「……ない」

「じゃあ、いいじゃん。あ、でも、ラムネ飲《の》み終《お》わるまで待《ま》ってな。おれ、一気《いっき》に飲《の》むとむせるんだよ」

「ダイキ、炭酸苦手《たんさんにがて》なくせに、ラムネ好《す》きだよなー」

笑《わら》ってるリョウジは、もうほとんど飲《の》み終《お》わってる。

「味《あじ》は好《す》きなんだよ。あとビー玉《だま》ほしいし」

「……この中《なか》のビー玉《だま》？　取《と》れないいんじゃないの？」

「取《と》れるよ。――ほら」

リョウジが飲《の》み口《くち》のところをまわして外《はず》して、ビンを逆《さか》さまにした。中《なか》からビー玉《だま》が、転《ころ》がり出《で》てくる。

「へー、そうやって取《と》れるんだ……」

「ここで飲《の》んだときは、ビー玉《だま》は取《と》って、ビンは店《みせ》に返《かえ》してくるんだ」

先《さき》に返《かえ》してくる、って言《い》って、リョウジが店《みせ》の中《なか》に戻《もど》っていった。ダイキはまだ、ちびちびラムネを飲《の》んでる。

「――今度《こんど》、リョウジと一緒《いっしょ》に、うちにも来《き》てよ」

オレは思《おも》いきって、ダイキに言《い》った。

「望遠鏡《ぼうえんきょう》で、星見《ほしみ》よう。ベランダから見《み》えると思《おも》うんだ」

「おー、行《い》く行《い》く。望遠鏡使《ぼうえんきょうつか》わせて」

「うん」

うなずいて、ラムネの最後《さいご》のひと口《くち》を飲《の》んで——オレも同《おな》じようにして、ビー玉《だま》を取《と》り出《だ》してみる。

手《て》のひらに転《ころ》がったビー玉《だま》は、星《ほし》みたいに、きらきら光《ひか》ってた。

第《だい》4話《わ》　透明人間《とうめいにんげん》のお弁当《べんとう》

朝《あさ》の六時半《ろくじはん》。あたしは電気《でんき》を消《け》した暗《くら》い洗面所《せんめんじょ》で、息《いき》をひそめてじっと耳《みみ》をすます。

「――はぁい、レイくん、お弁当《べんとう》。勉強《べんきょう》がんばってね。忘《わす》れ物《もの》ない？　車《くるま》に気《き》をつけて。

いってらっしゃぁい」

いつもの声《こえ》と、ドアの閉《し》まる音《おと》。

足音《あしおと》が洗面所《せんめんじょ》の前《まえ》の廊下《ろうか》を通《とお》りすぎて、階段《かいだん》を上《のぼ》って――

……よし。

あたしは洗面所《せんめんじょ》から出《で》て、パジャマの上《うえ》にエプロンをつけながら、台所《だいどころ》へ向《む》かった。

今日《きょう》もシンクには、洗《あら》ってないフライパン、片手鍋《かたてなべ》、おたま、ボウル、包丁《ほうちょう》にまな板《いた》、菜箸《さいばし》、小皿《こざら》。

袖《そで》まくりして、まずは放置《ほうち》されたままの調理道具《ちょうりどうぐ》を洗《あら》っていく。どうせこれから、もう一度使《いちどつか》うから、ざっと洗《あら》えばいい。

だいたい片付《かたづ》けてから、冷蔵庫《れいぞうこ》を開《あ》けた。……さて、今日《きょう》は何《なに》が残《のこ》ってるか。

「……エリンギ、かぼちゃ、にんじん……あ、ラッキー。豚肉《ぶたにく》がある」

エリンギとにんじんの肉巻《にくま》きにしよう。でも緑色《みどりいろ》の野菜《やさい》がない。まぁ、今日《きょう》は冷凍食品《れいとうしょくひん》でいいや。ほうれん草《そう》の何《なに》かが、まだあったはず。

ところで、朝《あさ》ごはんはどうしよう。食《しょく》パン、あったっけ。

あれこれ考《かんが》えながら、エリンギとにんじんを切《き》ってたら、キッチンカウンターの上《うえ》に、ペンギンの赤《あか》ちゃんが二羽《にわ》、ひょこっと現《あらわ》れた。

「今日《きょう》もお弁当作《べんとうつく》ってえらーい!」

「えらーい!」

「ありがとー。今日《きょう》も作《つく》ってるよー」

今日《きょう》もお弁当《べんとう》つくってえら〜い！
えら〜い！

ペンギンの赤《あか》ちゃんたちに応《こた》えながら、細切《ほそぎ》りにしたエリンギとにんじんを、豚肉《ぶたにく》で巻《ま》いていく。

ペンギンの赤《あか》ちゃんたちは、あたしの手元《てもと》をのぞきながら、ときどき「にんじん!」とか、「お肉《にく》くるくるー」とかつぶやいてるのが、かわいい。

……そういえば、この子《こ》たちって、いつから出《で》てくるようになったんだっけ。

たしか、そう、あたしがお弁当《べんとう》を作《つく》り始《はじ》めたころ——


あたしには、父《ちち》と母《はは》と、二歳年上《にさいとしうえ》の兄《あに》がいる。

でも、この三人《さんにん》は、あたしの「家族《かぞく》」じゃないんだと思《おも》う。

兄《あに》とあたしに、生《う》まれたときから違《ちが》いがあったのかどうかは、わからない。

けど、気《き》がついたときには、もう、あたし一人《ひとり》だけ、この家《いえ》の中《なか》では、忘《わす》れられがちな存在《そんざい》になってた。

兄《あに》は小《ちい》さいころから優秀《ゆうしゅう》で、学校《がっこう》の成績《せいせき》はいつも、学年《がくねん》でだいたい五位以内《ごいいない》。部活《ぶかつ》でやってたサッカーも、ずっとレギュラー。見《み》た目《め》もよくて女《おんな》の子《こ》にモテて、親《おや》にとっては、自慢《じまん》の息子《むすこ》。

片《かた》や妹《いもうと》のあたしは、成績《せいせき》は常《つね》に真《ま》ん中《なか》。運動能力《うんどうのうりょく》はそこそこ。何《なに》から何《なに》まで平凡《へいぼん》。顔《かお》も地味《じみ》で平凡《へいぼん》。突出《とっしゅつ》していいところなんて、何《なに》もない。

これだけ差《さ》がついたら、そりゃ、親《おや》だって兄《あに》がかわいいに決《き》まってる。父《ちち》は朝《あさ》から晩《ばん》まで仕事《しごと》の人《ひと》だから、親《しん》せきや会社《かいしゃ》の人《ひと》に兄《あに》の優秀《ゆうしゅう》さを自慢《じまん》するくらいだけど、母《はは》はもっとすごい。とにかく兄《あに》のために生《い》きてるって感《かん》じ。

塾《じゅく》の送《おく》り迎《むか》えは一日《いちにち》も欠《か》かさなかったし、土日《どにち》にサッカー部《ぶ》の試合《しあい》があれば、全部《ぜんぶ》応援《おうえん》に行《い》ってた。兄《あに》が高校生《こうこうせい》になって、お昼《ひる》が給食《きゅうしょく》じゃなくなったら、部活《ぶかつ》の朝練《あされん》に間《ま》に合《あ》うように、朝四時《あさよじ》に起《お》きて、朝昼用《あさひるよう》にお弁当《べんとう》を二個《にこ》作《つく》ってた。

今年《ことし》、兄《あに》が三年生《さんねんせい》になって部活《ぶかつ》を引退《いんたい》したら、さすがに四時起《よじお》きじゃなくなったけど、高校《こうこう》まで遠《とお》くて、通学《つうがく》に一時間半《いちじかんはん》かかるからって、五時《ごじ》には起《お》きて、兄《あに》の朝《あさ》ごはんとお弁《べん》当《とう》を作《つく》ってる。コンビニや購買部《こうばいぶ》でお昼《ひる》を買《か》わせたことなんて、一度《いちど》もない。

とにかく常《つね》に全力《ぜんりょく》で、兄《あに》の生活《せいかつ》をサポートしてて、だから、兄《あに》の世話《せわ》をしてるあいだ、あたしの存在《そんざい》は忘《わす》れられてる。

まず、あたしの誕生日《たんじょうび》を憶《おぼ》えてない。入学式《にゅうがくしき》にも授業参観《じゅぎょうさんかん》にも来《き》たことがない。一応《いちおう》、予定《よてい》は伝《つた》えるけど、「カレンダーに書《か》いておいて」って言《い》うだけ。でもカレンダーは見《み》ない。

運動会《うんどうかい》とか文化祭《ぶんかさい》とか、兄《あに》と予定《よてい》がかぶるときには、父《ちち》も母《はは》も来《く》る。でも、あとでビデオを見《み》ても、あたしは全然映《ぜんぜんうつ》ってない。写真《しゃしん》もない。

いつも学校《がっこう》の行事《ぎょうじ》に来《き》てくれてたのは、近所《きんじょ》に住《す》んでたおばあちゃん。おばあちゃんが中学二年《ちゅうがくにねん》の冬《ふゆ》に亡《な》くなってからは、いよいよ誰《だれ》も来《こ》なくなった。

進路相談《しんろそうだん》の三者面談《さんしゃめんだん》も忘《わす》れられて、心配《しんぱい》してくれた先生《せんせい》のおかげで、高校進学《こうこうしんがく》はできたけど、そのころには、あたしはとっくに、いろいろとあきらめてた。

がんばってみたことが、ないわけじゃない。テストでいい点《てん》を取《と》ったり、書道《しょどう》コンクールで優秀賞《ゆうしゅうしょう》を取《と》ったこともある。でも、そんなの兄《あに》の優秀《ゆうしゅう》さの前《まえ》では、何《なん》の意味《いみ》もなかった。「へぇ、そうなの？　でも、レイくんはもっとすごいんだから」……これで終《お》わり。おばあちゃんだけが気《き》の毒《どく》そうに、サキちゃんもいい子《こ》だよって、なぐさめてくれたけど、そんなおばあちゃんも、もういない。

あたしはこの家《いえ》で、透明人間《とうめいにんげん》。

親《おや》の目《め》にも兄《あに》の目《め》にも、あたしの姿《すがた》は見《み》えてない。

だからあたしも——家《いえ》の中《なか》ではできるだけ、自分《じぶん》の存在《そんざい》を消《け》すことにした。

母《はは》は朝五時《あさごじ》から兄《あに》のお弁当《べんとう》を作《つく》り始《はじ》めて、六時半《ろくじはん》に兄《あに》を送《おく》り出《だ》してから、使《つか》った調理道具《ちょうりどうぐ》をそのままほったらかして、二度寝《にどね》に入《はい》る。

あたしは六時過《ろくじす》ぎに起《お》きて、母《はは》が二階《にかい》の寝室《しんしつ》に戻《もど》るまで顔《かお》を洗《あら》いつつ洗面所《せんめんじょ》に隠《かく》れて、入《い》れ替《か》わりに台所《だいどころ》に立《た》つ。

シンクを片付《かたづ》けて、お弁当《べんとう》を作《つく》りながら朝《あさ》ごはんを食《た》べてるうちに、いつのまにか父《ちち》が出勤《しゅっきん》してる。朝《あさ》ごはんは通勤《つうきん》の途中《とちゅう》で食《た》べてるらしいけど、よく知《し》らない。あたしには、おはようのあいさつもないから。

台所《だいどころ》を片付《かたづ》けて身支度《みじたく》を整《ととの》えて、家《いえ》を出《で》るのは八時《はちじ》ごろ。高校《こうこう》までは自転車《じてんしゃ》で十分《じっぷん》ちょっとだから、八時半《はちじはん》の始業時間《しぎょうじかん》に余裕《よゆう》で間《ま》に合《あ》う。

こうしてあたしは、家《いえ》の中《なか》の誰《だれ》とも顔《かお》を合《あ》わせずに登校《とうこう》することに成功《せいこう》する。

放課後《ほうかご》も休日《きゅうじつ》もバイトして、家《いえ》にいる時間《じかん》を減《へ》らして、家《いえ》にいるときも、親《おや》や兄《あに》となるべく顔《かお》を合《あ》わせないように、いろんなタイミングをずらして――そんな生活《せいかつ》も、高校入学《こうこうにゅうがく》から半年《はんとし》経《た》って、すっかり定着《ていちゃく》した。

兄《あに》はもちろん大学《だいがく》に行《い》くだろうから、あたしが高校生《こうこうせい》のあいだは、ずっとこのままだと思《おも》う。

「……よし、できた」

「できた！」

「できたー！」

ごはんとおかずを弁当箱《べんとうばこ》に詰《つ》め終《お》わると、ペンギンの赤《あか》ちゃんたちが、声《こえ》をそろえた。

この子《こ》たちが何《なん》なのか、ひょっとして幻覚《げんかく》を見《み》てるあたしは、どっかがおかしいのかって、考《かんが》えこんだころもあったけど、あたしをほめて、はげましてくれるなんて、親《おや》でもしてくれないのにって思《おも》ったら、もう幻覚《げんかく》でも何《なん》でもいいやって、気《き》にならなくなった。

いまは、毎朝現《まいあさあらわ》れて、お弁当作《べんとうづく》りを見《み》てくれるこの子《こ》たちがいるから、一日《いちにち》の始《はじ》まりが、結構気楽《けっこうきらく》になってる。

「さてと。……お皿洗《さらあら》っちゃうか」

「お皿洗《さらあら》ってえらーい！」

「いつも片付《かたづ》けられてえらーい！」

「そう言《い》ってくれるのは、きみたちだけだよ……」

本当《ほんとう》にえらいのは、人《ひと》のことをほめることができる、この子《こ》たちのほうなんだろうって思《おも》いながら、あたしはスポンジを手《て》に取《と》った。

「――あ、今日《きょう》は肉巻《にくま》きだ」

焼《や》きそばパンを片手《かたて》に、ハルカがあたしのお弁当《べんとう》を横《よこ》からのぞいて、声《こえ》を上《あ》げる。

机《つくえ》をくっつけた向《む》かい側《がわ》で、一緒《いっしょ》にお弁当《べんとう》を広《ひろ》げてたマユとアヤも、ちょっと身《み》を乗《の》り出《だ》してきた。

「あ、ホントだ」

「やったじゃん。今日《きょう》、肉残《にくのこ》ってたんだ」

仲《なか》のいい友達《ともだち》は、あたしがどういう状況《じょうきょう》でお弁当《べんとう》を作《つく》ってるか、だいたい知《し》ってる。

「そうそう。今日《きょう》はラッキーだった。豚肉《ぶたにく》だし、おかず考《かんが》えやすかったよ」

「毎日大変《まいにちたいへん》だよねー、サキは……」

苦笑《にがわら》いするマユとアヤは、今日《きょう》はどっちもお母《かあ》さんが作《つく》ったお弁当《べんとう》。二人《ふたり》とも、週《しゅう》の半《はん》分《ぶん》はお弁当《べんとう》で、もう半分《はんぶん》は購買部《こうばいぶ》で買《か》った惣菜《そうざい》パンをお昼《ひる》にしてる。

あたしもうっかり寝過《ねす》ごしたときは、購買部《こうばいぶ》で買《か》うけど、親《おや》がお昼代《ひるだい》をくれるわけじゃないし、そもそもお小遣《こづか》いが月《つき》に二千円《にせんえん》——それも、あたしから言《い》い出《だ》さないともらえないから、できるだけ自作《じさく》のお弁当《べんとう》にして、節約《せつやく》しなきゃいけない。バイト代《だい》は、なるべく使《つか》わないで貯《た》めておきたいし。

「わたしも本当《ほんとう》は、サキみたいに自分《じぶん》で作《つく》れるようにならなきゃいけないんだけどなー」

焼《や》きそばパンの袋《ふくろ》を開《あ》けながら、ハルカがため息《いき》まじりにつぶやく。

ハルカの家《いえ》は、おじいさんとおばあさんの介護《かいご》が大変《たいへん》で、お母《かあ》さんもお弁当《べんとう》を作《つく》る余裕《よゆう》がないらしくて、ハルカは毎日《まいにち》、購買部《こうばいぶ》でお昼《ひる》を買《か》ってた。

「ハルカんちは、朝《あさ》、台所使《だいどころつか》うの無理《むり》なの？」

「使《つか》えなくはないんだけど、あんまり朝早《あさはや》くからガチャガチャやるのもね。親《おや》、疲《つか》れてるのに、起《お》こしちゃうから」

苦笑《にがわら》いして、ハルカは焼《や》きそばパンをひと口《くち》かじる。……うちとは全然違《ぜんぜんちが》うけど、ハルカも大変《たいへん》だ。

「けどさー、さすがに来週《らいしゅう》の校外学習《こうがいがくしゅう》は、ハルカもお弁当持《べんとうも》ってこなきゃでしょ」

マユが、玉子焼《たまごや》きを食《た》べながら言《い》った。

そういえば来週《らいしゅう》の火曜日《かようび》、校外学習《こうがいがくしゅう》で博物館《はくぶつかん》に行《い》くんだった。購買部《こうばいぶ》は朝《あさ》のうちに注文《ちゅうもん》しておいて、お昼《ひる》に取《と》りにいくことになってるから、お昼《ひる》に学校《がっこう》にいなきゃいけないんだけど。

「校外学習《こうがいがくしゅう》って、バスで行《い》くんだっけ」

「そうそう。お昼《ひる》は行《い》った先《さき》でお弁当《べんとう》食《た》べるって」

「校外学習《こうがいがくしゅう》っていうか、遠足《えんそく》だよね」

「……そっか。お弁当持《べんとうも》ってかなきゃいけないかー……」

パック入《い》りの野菜《やさい》ジュースを飲《の》みながら、ハルカが眉間《みけん》にしわを寄《よ》せて、うーん、ってうなる。

「一日《いちにち》だけなんだし、作《つく》ってったら？　ごはんさえ炊《た》けば、おかずは冷凍食品《れいとうしょくひん》だけでも、何《なん》とかなるっしょ」

マユが言《い》うと、アヤも自分《じぶん》のお弁当《べんとう》をハルカに見《み》せた。

「そうそう。ほら、うちも冷食使《れいしょくつか》いまくってるわ。これとこれと、あとこれも。クリームコロッケとか、美味《うま》いよ。——サキも使《つか》ってるよね？」

「うん。おかずの隙間《すきま》をうめられるし、楽《らく》だね」

もっともうちは、母《はは》が「レイくんに冷凍食品《れいとうしょくひん》なんか食《た》べさせられない」って理由《りゆう》で、ストックがないから、自分《じぶん》で買《か》わなきゃいけないんだけど。

「そっかー。……そうだね、一日《いちにち》だけだし、何《なん》とかしてみるわ。早起《はやお》きできなかったら、コンビニで何《なに》か買《か》えばいいし」

「ちょ、それもう早《はや》く起《お》きる気《き》ないって言《い》ってるよーなもんじゃん」

アヤが突《つ》っこんで、ハルカとマユが笑《わら》う。

あたしも笑《わら》いながら——ハルカの横顔《よこがお》を、目《め》の端《はし》で見《み》てた。

「……お弁当《べんとう》とか、一日《いちにち》でも難《むずか》しいんでしょ」

放課後《ほうかご》に、駅前《えきまえ》のファストフード店《てん》の二階《にかい》で、あたしはハルカと二人《ふたり》、向《む》かい合《あ》って座《すわ》ってた。

「うん。ぶっちゃけ無理《むり》。コンビニ弁当確定《べんとうかくてい》」

ハルカはフライドポテトをつまんで、ちょっとさびしそうに笑《わら》う。

「ばーちゃんが、夜中《よなか》に何度《なんど》も起《お》きるんだよね。お母《かあ》さんも、そのたびに起《お》こされてさ。……明《あ》け方《がた》やっと寝《ね》てくれるから、お母《かあ》さんが寝《ね》られるのも、明《あ》け方《がた》なんだよ」

「施設《しせつ》、無理《むり》なの？」

「じーちゃんのほうは、空《あ》きができれば、もうそろそろ。ばーちゃんはそこまでじゃないっていうから、まだまだかな。昼間《ひるま》ならおばちゃんが手伝《てつだ》いに来《く》るけど、夜《よる》はね」

「あたし、ハルカのぶんも作《つく》っていこうか？　お弁当《べんとう》」

「――えっ？」

ポテトを口《くち》にくわえたまま、ハルカが目《め》を大《おお》きく見開《みひら》いた。

「たいしたものは作《つく》れないけどさ、一個《いっこ》作《つく》るのも二個《にこ》作《つく》るのも、そんなに手間《てま》は変《か》わらないし」

「……いいの？」

「いいよ」

うなずいたら、ハルカの表情《ひょうじょう》が、ぱっと明《あか》るくなった。

ちょうど夕日《ゆうひ》が窓《まど》から差《さ》しこんで、ハルカの丸《まる》っこい顔《かお》も、オレンジ色《いろ》になる。

「ただ、ほんとにたいしたものは作《つく》れないよ？」

「いーよいーよ、何《なん》でも！　手作《てづく》りのお弁当《べんとう》ってだけでうれしい！」

……そういえば、介護《かいご》がだんだん大変《たいへん》になってきてて、最近《さいきん》じゃ、家《いえ》でちゃんと晩《ばん》ごはん食《た》べるだけでも大変《たいへん》って、ハルカ言《い》ってたっけ。

「そのとおりできるかどうかわかんないけど、何《なに》か食《た》べたいものとかある？　あと嫌《きら》いなもの」

「わたしは好《す》き嫌《きら》いないよ。食《た》べたいものは……あ、肉巻《にくま》き。今日《きょう》の肉巻《にくま》き、美味《おい》しそうだった」

「肉巻《にくま》きね。……言《い》えばお昼《ひる》に、一個《いっこ》あげたのに」

「一個《いっこ》だけでも、サキの大事《だいじ》なおかずじゃん」

さらっと言《い》って、ハルカはホットコーヒーにミルクを入《い》れる。

……ハルカって、ほんと、やさしい。

平日《へいじつ》も休日《きゅうじつ》も長期休暇《ちょうききゅうか》もバイトざんまいで、でもさすがに休《やす》みはほしいから、木曜日《もくようび》だけはバイトを入《い》れないで、こうして外《そと》で時間《じかん》をつぶして帰《かえ》るけど、ハルカはいつも、あたしに付《つ》き合《あ》ってくれる。「わたしも週《しゅう》に一日《いちにち》ぐらいは、介護《かいご》の手伝《てつだ》いを休《やす》みたいから」って言《い》って、あたしが帰《かえ》る時間《じかん》まで、ずっと。

ファストフードでおしゃべりしたり、カラオケ行《い》ったり、駅前《えきまえ》をぶらぶらしたり。夏休《なつやす》みだって、家《いえ》にいたくない日《ひ》は、いつも一緒《いっしょ》に出《で》かけてくれた。

だからハルカには、感謝《かんしゃ》してる。面《めん》と向《む》かってありがとうとか、言《い》ったことないけど。

「ハルカ、お弁当箱《べんとうばこ》はある？　お弁当箱《べんとうばこ》だけ先《さき》に貸《か》してよ。校外学習《こうがいがくしゅう》の日《ひ》に、それに中身《なかみ》詰《つ》めて持《も》っていくから」

「わかった。……ちょっとおっきいかもしれないけど、大丈夫《だいじょうぶ》？」

「大丈夫《だいじょうぶ》、大丈夫《だいじょうぶ》。小《ちい》さいより作《つく》りがいがあるよ」

フライドポテトをつまんで、あたしはニッと笑《わら》ってみせた。

玉子《たまご》と何《なに》かしらの野菜《やさい》は、いつも冷蔵庫《れいぞうこ》にあるし、ごはんだって、二人《ふたり》ぶんくらいなら持《も》っていける。何《なん》なら、あたしのぶんを減《へ》らしたっていい。肉《にく》だけは、自分《じぶん》で買《か》っておこう。それでお弁当《べんとう》は作《つく》れる。

いつも一緒《いっしょ》にいてくれる、ハルカのために。

あたしには、これくらいしかできないけど——


次《つぎ》の週《しゅう》の火曜日《かようび》。いつもより少《すこ》し早《はや》く起《お》きて、先《さき》に身支度《みじたく》を整《ととの》えてから、母《はは》が兄《あに》を送《おく》り出《だ》すのを、いつもどおり洗面所《せんめんじょ》に隠《かく》れて、じっと待《ま》った。

「――はぁい、レイくん、お弁当《べんとう》……」

いつものセリフが聞《き》こえて、ドアが閉《し》まって、母《はは》が二階《にかい》に戻《もど》っていく。……よし、やっと台所《だいどころ》が空《あ》いた！

台所《だいどころ》に行《い》って、あたしとハルカのお弁当箱《べんとうばこ》を用意《ようい》して、エプロンをつける。

それから冷蔵庫《れいぞうこ》を開《あ》けて、野菜室《やさいしつ》からにんじんを出《だ》して、チルド室《しつ》から豚肉《ぶたにく》を――

「……えっ？」

ない。

昨日買《きのうか》ってきて、たしかにここにしまったのに。

ちゃんとパックの表面《ひょうめん》に、「サキの弁当用《べんとうよう》」って、油性《ゆせい》ペンで書《か》いて。

……まさか。

いやな予感《よかん》がして、台所《だいどころ》の隅《すみ》にある生《なま》ゴミ用《よう》のゴミ箱《ばこ》のふたを開《あ》けた。

野菜《やさい》くずにまぎれて捨《す》てられてた、ぐしゃぐしゃのビニールに、「サキ」の文字《もじ》。

使《つか》われた。……たぶん、兄《あに》のお弁当《べんとう》に。

名前《なまえ》、書《か》いておいたのに。

あたしの名前《なまえ》なんか――透明人間《とうめいにんげん》が書《か》いた文字《もじ》なんか、見《み》えてないんだ。

何《なん》のためにあたしがその肉《にく》を買《か》っておいたかなんて、知《し》るはずもないけど。

「……ハルカ」

そうだ。ハルカのお弁当《べんとう》。

まさか名前書《なまえか》いたものまで無視《むし》されるとは思《おも》わなかったけど、いままでのことを考《かんが》えたら、こんなの、別《べつ》に不思議《ふしぎ》なことじゃない。

それより、ハルカのお弁当《べんとう》をどうするかだ。あたしが作《つく》るって、約束《やくそく》したんだから。

「肉《にく》……ない。肉巻《にくま》きは無理《むり》だ。他《ほか》に何《なに》か……」

野菜《やさい》ならある。でも、それだけじゃメインのおかずにならない。今日《きょう》はなるべく、冷凍《れいとう》食品《しょくひん》は使《つか》いたくない。

「……ウィンナー、ちくわ……チーズ、玉子《たまご》……」

「玉子《たまご》!」

「玉子《たまご》ーー！」

冷蔵庫《れいぞうこ》の中《なか》のものを手当《てあ》たり次第《しだい》にかき出《だ》してたら、後《うし》ろでかわいい声《こえ》がした。はっとして振《ふ》り返《かえ》ると、いつものペンギンの赤《あか》ちゃんたちが、玉子《たまご》、玉子《たまご》ってはしゃいでる。

「……玉子《たまご》？」

「目玉焼《めだまや》きーー！　玉子《たまご》かけごはんーー！　玉子丼《たまごどん》ーー！」

「オムレツーー！　玉子焼《たまごや》きーー！　だし巻《ま》き玉子《たまご》ーー！」

「……っ、それ！」

思《おも》わず手《て》をたたいたら、ペンギンの赤《あか》ちゃんたちが、びっくりしたみたいに、ぴょん、ってはねた。

「あっ、ごめん。……ありがとう！　それでいく。お弁当《べんとう》、作《つく》れる！」

「作《つく》れてえらい！」

「えらーい！」

この家《いえ》にいて、肉《にく》を使《つか》われたくらいでへこたれてなんかいられるか。

ペンギンの赤《あか》ちゃんたちにはげまされながら、あたしは袖《そで》まくりをして、冷蔵庫《れいぞうこ》から玉《たま》子《ご》を取《と》り出《だ》した。


「……っていうわけで、肉巻《にくま》きは作《つく》れなかった。ごめん」

博物館《はくぶつかん》に向《む》かう、バスの中《なか》。

頭《あたま》を下《さ》げて、あたしは袋《ふくろ》に入《はい》ったお弁当《べんとう》を、隣《とな》りの席《せき》のハルカに差《さ》し出《だ》した。

「よそんちの親《おや》のことだけどさ……それはないわ……」

「ハードだよね、サキの家《いえ》……」

ひとつ後《うし》ろの席《せき》から、マユとアヤが、引《ひ》きつった顔《かお》でこっちをのぞいてる。……うん、まぁ、引《ひ》くよね。

ハルカはあたしの話《はなし》を目《め》を丸《まる》くして聞《き》いてたけど、お弁当《べんとう》の袋《ふくろ》を受《う》け取《と》って、にっこり笑《わら》った。

「ありがと！　肉巻《にくま》きじゃなくても全然《ぜんぜん》いいって！　……開《あ》けてみていい？」

「……いいよ？」

うなずいたら、ハルカがわくわくした表情《ひょうじょう》でお弁当箱《べんとうばこ》を袋《ふくろ》から出《だ》して、包《つつ》みをほどいてふたを開《あ》ける。

「……お？」

「おー、オムライスじゃーん」

マユとアヤも身《み》を乗《の》り出《だ》してきて、声《こえ》を上《あ》げた。

……今朝《けさ》、ペンギンの赤《あか》ちゃんが「オムレツ」って言《い》ったところで、ひらめいたんだ。

玉子《たまご》とごはんなら、充分残《じゅうぶんのこ》ってる。

だったら、メインをオムライスにしちゃおうって。

本当《ほんとう》はおにぎりと肉巻《にくま》きのお弁当《べんとう》にするつもりだったけど、肝心《かんじん》の肉《にく》を使《つか》われちゃったら、どうしようもない。

でも、ハルカにお弁当作《べんとうつく》っていく約束《やくそく》は、絶対守《ぜったいまも》りたかったから。

「ほんとだ。オムライス美味《おい》しそー！　……わ、見《み》て見《み》て。ほら、タコさんウィンナーだよ。超懐《ちょうなつ》かしいー」

オムライスと、タコさんウィンナーと、エリンギとほうれん草《そう》の炒《いた》め物《もの》。

ハルカがうれしそうに、マユとアヤにも中身《なかみ》を見《み》せた。

「マジだ。何《なん》かかわいいお弁当《べんとう》じゃん」

「彩《いろど》りいいよねー」

「そこはがんばったよ。遠足《えんそく》っぽく」

何《なん》だかほっとして、座席《ざせき》のシートに寄《よ》りかかった。

「てことは、サキのお弁当《べんとう》もオムライス？」

「そう。同《おな》じ。あたしのウィンナーはそのまんま、タコにはしてないけど」

「すればよかったのにー」

「自分《じぶん》のはいいんだよ。ハルカのは特別《とくべつ》」

そう言《い》いながら、あたしは登校《とうこう》の途中《とちゅう》で買《か》った、ペットボトルのお茶《ちゃ》をかばんから取《と》り出《だ》して、ふたを開《あ》ける。

飲《の》もうとしたら、お弁当《べんとう》を丁寧《ていねい》に包《つつ》み直《なお》してたハルカが、あたしを見《み》て、にゅーっと目《め》を細《ほそ》めた。

「ありがと。めっちゃうれしい。サキ大好《だいす》き」

「……どういたしまして」

ちょっと照《て》れくさい。けど、ハルカが喜《よろこ》んでくれてよかった。

「あー、お昼《ひる》まだかなー。すっごい楽《たの》しみ」

「ハルカ、気《き》が早《はや》いわ」

「まだ九時《くじ》すぎたばっかりだっての。……お菓子《かし》食《た》べる？」

「食《た》べる食《た》べるー」

「何持《なにも》ってきたの？」

「あ、あたしもちょうだい……」

「――え、誰《だれ》か菓子《かし》持《も》ってきてんの？」

「あー、オレも持《も》ってきた」

「え、もう食《た》べていいのー？」

お菓子《かし》って言葉《ことば》が周《まわ》りに聞《き》こえたみたいで、バスの中《なか》のざわめきが大《おお》きくなった。あちこちで笑《わら》い声《ごえ》や、お菓子《かし》の袋《ふくろ》を開《あ》ける音《おと》がする。

ハルカはマユからもらったチョコレートをつまみながら、お弁当《べんとう》の袋《ふくろ》をずっと、大事《だいじ》そうに抱《かか》えてた。


お昼《ひる》の時間《じかん》も、ハルカはうれしそうにお弁当《べんとう》を食《た》べてくれた。

オムライスをほおばりながら、「こんなにおいしいものを作《つく》れて、サキはすごいね」って言《い》うハルカの顔《かお》は、どこか、あのペンギンの赤《あか》ちゃんに似《に》てる気《き》がした。

ハルカのおかげで、あたしにはひとつ、目標《もくひょう》ができた。

この家《いえ》の中《なか》では、あたしはあいかわらず透明人間《とうめいにんげん》で、誰《だれ》もあたしの存在《そんざい》なんか、思《おも》い出《だ》さない。

だからあたしは、いつかこの家《いえ》を出《で》て、もっと広《ひろ》い世界《せかい》で生《い》きていく。

そうして、あたしの新《あたら》しい居場所《いばしょ》で、誰《だれ》かのために、ごはんを作《つく》りたい。

ハルカみたいに、あたしが作《つく》ったものを、喜《よろこ》んで食《た》べてくれる人《ひと》がいたら——そのときには、きっと、あたしはもう、透明人間《とうめいにんげん》じゃなくなってるはずだから。

第《だい》5話《わ》　たこ焼《や》きとクレマチス

「――いやいやいや、でもさ、こいつだって、別《わか》れたカノジョが置《お》いてった花《はな》なんか育《そだ》ててんだよー？　もう二年《にねん》？　三年《さんねん》？　別《わか》れてからけっこー経《た》ってんのにさぁ」

明《あき》らかにからかってる口調《くちょう》のばかでかい声《こえ》が、昼時《ひるどき》のそば屋《や》に響《ひび》いた。ざわついてた店《てん》内《ない》が、一瞬《いっしゅん》、静《しず》かになる。

「堀川《ほりかわ》、うるさい。俺《おれ》の話《はなし》はどうでもいいだろ」

となりに座《すわ》ってる同僚《どうりょう》から、たったいま、こいつ呼《よ》ばわりされた俺《おれ》は、低《ひく》い声《こえ》で牽制《けんせい》して、まだ熱《あつ》い茶《ちゃ》をすする。

今日《きょう》は同《おな》じ部署《ぶしょ》の中《なか》で、昼飯《ひるめし》はそばにしようっていう気分《きぶん》になった、俺《おれ》を含《ふく》む男女五人《だんじょごにん》で、会社《かいしゃ》の近《ちか》くのそば屋《や》に来《き》たんだけど――この、お調子者《ちょうしもの》で人《ひと》にからむとしつこい同僚《どうりょう》まで、一緒《いっしょ》だとは思《おも》わなかった。

ちなみに直前《ちょくぜん》の話題《わだい》は、この五人《ごにん》の中《なか》の最年少《さいねんしょう》、入社二年目《にゅうしゃにねんめ》の戸田《とだ》さんの友達《ともだち》が、別《わか》れた彼氏《かれし》とこじれて困《こま》ってるらしい、というもの。五人《ごにん》のうち、男《おとこ》は俺《おれ》と同僚《どうりょう》の堀川《ほりかわ》だけで、あとの三人《さんにん》の女性社員同士《じょせいしゃいんどうし》がおしゃべりしてた中《なか》に、突然《とつぜん》うるさい同僚《どうりょう》が、俺《おれ》の話《はなし》を突《つ》っこんだ感《かん》じだったたんだけど。

「えー……じゃあ案外《あんがい》、男《おとこ》の人《ひと》のほうが、ふっ切《き》れないものなんですね」

……戸田《とだ》さんが、話《はなし》に乗《の》ってしまった。

すると堀川《ほりかわ》が、さも愉快《ゆかい》そうにニヤニヤして、腕《うで》を組《く》む。

「まーでも、こいつほど未練《みれん》がましいヤツも、なかなかいないと思《おも》うけどねぇ。オレなんかは、あーもうコレ無理《むり》かなーってなったら、わりとスパッとあきらめちゃうしさ」

堀川《ほりかわ》が俺《おれ》を見《み》る目《め》は、完全《かんぜん》にあわれみの眼差《まなざ》しだ。

「おい。俺《おれ》は未練《みれん》なんかないぞ。勝手《かって》に決《き》めんな」

「はー？　だって花《はな》まだ世話《せわ》してるんだろ？　元《もと》カノの置《お》き土産《みやげ》の」

「してるけど、それと未練《みれん》があるとかないとかは別《べつ》だろ」

「またまたぁ。花《はな》だろ？　ペットとかならまだわかるけどさぁ」

……堀川《ほりかわ》はどうしても、俺《おれ》を別《わか》れた彼女《かのじょ》に未練《みれん》タラタラのやつにしたいらしい。どうせ「そのほうがキャラ的《てき》に面白《おもしろ》いから」とか、そんな理由《りゆう》だろう。こいつが他人《たにん》にしつこくからむのは、大概《たいがい》、レッテル貼《は》って遊《あそ》びたいっていうときだ。

「……まぁ、たしかに、生《い》き物《もの》を置《お》いていかれちゃったりしたら、世話《せわ》せざるをえないけど、植物《しょくぶつ》はねぇ……」

「えっ」

俺《おれ》より二《ふた》つ年上《としうえ》の先輩《せんぱい》、根本《ねもと》さんに、まさかの同意《どうい》をされてしまった。

「いや、植物《しょくぶつ》も生《い》き物《もの》ですよ？」

湯《ゆ》のみを置《お》いて、あわててそう言《い》ったけど、根本《ねもと》さんは、うーん、と首《くび》を傾《かし》げた。

「犬《いぬ》や猫《ねこ》は人《ひと》にあげづらいけど、花《はな》なら、たとえば園芸好《えんげいず》きな人《ひと》にあげられるじゃない。

加藤《かとう》さんみたいに、お家《うち》で花壇《かだん》作《つく》ってる人《ひと》とか」

根本《ねもと》さんは、奥《おく》の席《せき》にいる、五十代《ごじゅうだい》ベテラン社員《しゃいん》の加藤《かとう》さんを見《み》た。

「あら、でも、植物《しょくぶつ》も難《むずか》しいわよ。やっぱり好《この》みはあるし、自分《じぶん》の家《いえ》の庭《にわ》に合《あ》うかどうかとか、育《そだ》てやすさはどうかとか」

「そう――そうですよね」

加藤《かとう》さんの援護《えんご》に、俺《おれ》は思《おも》わず、大《おお》きくうなずく。しかし加藤《かとう》さんは、おしぼりで手《て》をふきながら、ちょっと困《こま》ったように眉《まゆ》を下《さ》げた。

「ただ、植物《しょくぶつ》なら持《も》て余《あま》した段階《だんかい》で、思《おも》いきって捨《す》てちゃうっていう選択《せんたく》ができるのは、事実《じじつ》よね」

「……」

援護《えんご》じゃなかった。

堀川《ほりかわ》がヒャッヒャッ、と変《へん》な声《こえ》を上《あ》げて笑《わら》う。

「ほーらな、やっぱ未練《みれん》があるからだろ？　いいかげん認《みと》めろって――」

「藤沢《ふじさわ》くんが育《そだ》ててる花《はな》って、もしかしてクレマチス？」

堀川《ほりかわ》をさえぎって、加藤《かとう》さんが俺《おれ》に訊《き》いてきた。

「え？　あ、そうです。クレマチスです。……加藤《かとう》さんに言《い》いましたっけ？」

「総務課長《そうむかちょう》に聞《き》いたことがあったのよ。藤沢《ふじさわ》くんにクレマチスの鉢植《はちう》えを引《ひ》き取《と》ってほしいって頼《たの》まれて、でも、いざ引《ひ》き取《と》ったら、一週間《いっしゅうかん》かそこらで、やっぱり返《かえ》してほしいって言《い》われて、返《かえ》したって」

「……総務課長《そうむかちょう》ですか……」

まぁ、口止《くちど》めとかしてたわけじゃないから、総務課長《そうむかちょう》が誰《だれ》に話《はな》しても文句《もんく》は言《い》えないんだけど。

加藤《かとう》さんは、また眉《まゆ》を下《さ》げて苦笑《にがわら》いした。

「総務課長《そうむかちょう》なら、お家《うち》にちょっとした温室《おんしつ》を持《も》ってるくらいの園芸好《えんげいず》きだって、有名《ゆうめい》だものね。引《ひ》き取《と》っていただいても、きちんとお世話《せわ》してくださったと思《おも》うわよ？」

「はぁ、俺《おれ》もそう思《おも》ってお願《ねが》いしたんですけど……それまでずっと世話《せわ》してたから、いざ手放《てばな》したら、なんか、気《き》になっちゃって」

「だからぁ、それは未練《みれん》があるからだろー？」

「しつこいよ、おまえは。花《はな》はたしかに気《き》になったけど、彼女《かのじょ》には未練《みれん》はないって」

「そんなら何《なん》で、次《つぎ》の彼女作《かのじょつく》んねーんだよ？　やっぱ未練《みれん》が……」

「──お待《ま》たせしましたー。天《てん》ざるのお客様《きゃくさま》ー」

「あ、はい」

「私《わたし》も」

いいタイミングで、注文《ちゅうもん》した料理《りょうり》が運《はこ》ばれてきた。

堀川《ほりかわ》が頼《たの》んだ海老天丼《えびてんどん》もすぐ運《はこ》ばれてきたから、とりあえず黙《だま》らせることはできた。

「その……クレチス？　っていう花《はな》？　どんな花《はな》なの？」

「クレマチスです。テッセンとか、カザグルマとか呼《よ》ぶのもありますけど、種類《しゅるい》がたくさんあって、俺《おれ》もそこまでくわしくはないんですよ」

説明《せつめい》しながら、まだ注文《ちゅうもん》したものが来《き》てない根本《ねもと》さんに、スマホの画像《がぞう》を見《み》せる。同《おな》じく料理《りょうり》待《ま》ちの戸田《とだ》さんも、横《よこ》からのぞきこんできた。

「ふぅん、こういう花《はな》……。あんまり見《み》かけないわね」

「ですねー。お花屋《はなや》さんでも見《み》たことないです」

「私《わたし》はよく見《み》るわ。近所《きんじょ》の人《ひと》が庭《にわ》に植《う》えてて」

俺《おれ》と同《おな》じ天《てん》ざるを注文《ちゅうもん》した加藤《かとう》さんが、そば徳利《どっくり》を手《て》に、俺《おれ》が根本《ねもと》さんに渡《わた》したスマホをちらっと見《み》て言《い》った。

「毎年《まいとし》、白《しろ》いきれいな花《はな》が咲《さ》くのよ。そこの人《ひと》は、テッセンって呼《よ》んでたわ。藤沢《ふじさわ》くんのは、紫《むらさき》の花《はな》なのね」

そこに、店員《てんいん》さんがあと二人《ふたり》の注文《ちゅうもん》を持《も》ってくる。

「お待《ま》たせしましたー。冷《つめ》たいなめこおろしそばのお客様《きゃくさま》ー」

「はい。……あ、これ、ありがと」

根本《ねもと》さんが返事《へんじ》をして、俺《おれ》にスマホを返《かえ》した。俺《おれ》はスマホをポケットに戻《もど》して、箸《はし》を取《と》る。……根本《ねもと》さん、あんまり花《はな》には興味《きょうみ》ないみたいだ。

根本《ねもと》さんと戸田《とだ》さんを待《ま》たずに、さっさと海老天《えびてん》をほおばってた堀川《ほりかわ》が、またニヤついた顔《かお》で俺《おれ》を見《み》た。

「ほんと、未練《みれん》がましいよなー」

「もうすぐゴールデンウィークかー。その前《まえ》に切《き》りのいい仕事《しごと》は片付《かたづ》けておきたいよね」

「そうですね。……あの、根本《ねもと》さん」

そば屋《や》から会社《かいしゃ》までの帰《かえ》り道《みち》、堀川《ほりかわ》が戸田《とだ》さんと何《なに》か話《はな》してるうちに、俺《おれ》はさりげなく、根本《ねもと》さんに訊《き》いてみた。

「根本《ねもと》さんも、元《もと》カノが置《お》いてった花《はな》を育《そだ》てるのは、未練《みれん》がましいって思《おも》うほうですか?」

「え? ……ああ、堀川《ほりかわ》くんのあれはね、まぁ、からかってるだけでしょ。しつこいとは思《おも》うけど、いつものことだし」

根本《ねもと》さんが苦笑《くしょう》して、俺《おれ》は一瞬《いっしゅん》、ほっとしたんだけど。

「ただ、もし私《わたし》の彼氏《かれし》が前《まえ》カノのものを大事《だいじ》に持《も》ってたら――私《わたし》なら、かなりイヤかも」

「えっ」

「私《わたし》は、前《まえ》カノの影《かげ》は完全《かんぜん》に消《け》してほしいタイプなんだよね」

「あ、そう……なんですね……」

……根本《ねもと》さんのこと、ちょっといいなって思《おも》ってたんだけど、脈《みゃく》がなくなったかも。

「ペットならね、無責任《むせきにん》に放《ほう》り出《だ》すわけにはいかないから、仕方《しかた》ないかなってなるけど、それでも本音《ほんね》では、前《まえ》カノに返《かえ》すとか、他《ほか》に飼《か》ってくれる人《ひと》をさがすとかしてほしいなーって、思《おも》っちゃう」

「……」

ペットでもそれなら、花《はな》なんて論外《ろんがい》、ってことだ。

たぶん、俺《おれ》はなさけない顔《かお》をしてたんだろう。少《すこ》し前《まえ》を歩《ある》いてた加藤《かとう》さんが、振《ふ》り向《む》いて俺《おれ》を見《み》て、ちょっと気《き》の毒《どく》そうに笑《わら》った。

「クレマチスは、愛着《あいちゃく》がわく前《まえ》に何《なん》とかすべきだったわね、藤沢《ふじさわ》くん」

「……はぁ」

つまり、それは——手遅《ておく》れ、ってことだ。


「ただいまー、っと……」

独《ひと》り暮《ぐ》らしの部屋《へや》に帰《かえ》ってきて、独《ひと》り暮《ぐ》らしだから当然《とうぜん》誰《だれ》もいないんだけど、とりあえずただいまだけは言《い》って、電気《でんき》をつけた。最近少《さいきんすこ》し暑《あつ》くなってきたせいか、熱《ねつ》がこもったみたいな感《かん》じがする。

ネクタイを外《はず》してスーツの上着《うわぎ》も脱《ぬ》いで、窓《まど》を開《あ》けてベランダに出《で》た。

お世辞《せじ》にも広《ひろ》いとは言《い》えないベランダには、深《ふか》めの植木鉢《うえきばち》がひとつ。

そば屋《や》で話題《わだい》になってしまった、元《もと》カノが置《お》いていった、クレマチスだ。

「……今年《ことし》も咲《さ》き始《はじ》めたなー……」

青《あお》みがかった紫《むらさき》の、大《おお》ぶりな花《はな》が、二《ふた》つ咲《さ》いてる。今朝《けさ》見《み》たときはひとつしかなかったから、昼間《ひるま》のうちにまた咲《さ》いたらしい。

部屋《へや》の中《なか》からの明《あ》かりを頼《たよ》りに、俺《おれ》はのびてきたツルを、手作業《てさぎょう》で支柱《しちゅう》にからませていく。クレマチスは朝顔《あさがお》みたいにツルがのびる植物《しょくぶつ》だから、ちょっと面倒《めんどう》だけど、ちゃんと鉢植《はちう》えの中《なか》だけでおさまるようにしておかないと、うっかりのびたツルをベランダの柵《さく》にからませたら、後々《のちのち》もっと面倒《めんどう》だ。

水《みず》は、朝《あさ》たっぷりあげたから、今日《きょう》はもういい。暑《あつ》くなってきたから、これからは一日《いちにち》一回《いっかい》、きちんと水《みず》をやらないと。

ツルがぐちゃぐちゃにならないように、できるだけ丁寧《ていねい》にからめ直《なお》してたら、わりと近《ちか》くから電子音《でんしおん》が聞《き》こえてきた。……電話《でんわ》だ。

一度《いちど》部屋《へや》に戻《もど》って、上着《うわぎ》のポケットからスマホを取《と》り出《だ》して、誰《だれ》からの着信《ちゃくしん》なのか確認《かくにん》しながら、またベランダに出《で》る。課長《かちょう》だった。

「はい、もしもし」

「おー、藤沢《ふじさわ》、いまどこだ？」

「家《いえ》ですけど……」

「あー、そうか。あのな、ちょっと問題《もんだい》が起《お》きた。すまんが藤沢《ふじさわ》、堀川《ほりかわ》のかわりに、関西《かんさい》行《い》ってきてくれ」

「……は？」

そういえば堀川《ほりかわ》のやつ、たしか明日《あした》から四日間《よっかかん》、関西出張《かんさいしゅっちょう》の予定《よてい》が入《はい》ってたはず。

「えーと、それって、明日《あした》からの……」

「そうそう。急《きゅう》で悪《わる》いが、明日出社《あしたしゅっしゃ》して、諸々《もろもろ》の書類《しょるい》受《う》け取《と》ってから行《い》ってくれ。わかるようにまとめとくから」

「でも、堀川《ほりかわ》は？　あいつ今日《きょう》、普通《ふつう》に出張《しゅっちょう》の準備《じゅんび》してましたよ？」

「あのアホはついさっき、社《しゃ》の階段《かいだん》から落《お》ちて足首《あしくび》グネった」

「……うわ」

ツルを直《なお》す手《て》が、さすがに止《と》まった。

「ねんざですか？　まさか骨折《こっせつ》……」

「骨《ほね》まではやってなさそうだ。状態《じょうたい》は、おれもまだくわしくは知《し》らないんだ。問題《もんだい》はそこじゃない。何《なん》であのアホが、エレベーターじゃなく階段《かいだん》を使《つか》ってたのか、ってことだ」

「……何《なん》でです？」

「ここんとこずっと、総務《そうむ》の女子社員《じょししゃいん》をしつこく口説《くど》いてたらしい。今日《きょう》も飲《の》みに誘《さそ》うために、退社時《たいしゃじ》に追《お》いまわして、その女子社員《じょししゃいん》にエレベーターで逃《に》げられたもんだから、先《さき》まわりして待《ま》ちぶせするつもりで、階段《かいだん》を駆《か》け下《お》りてたら――」

落《お》ちた、と。

俺《おれ》はしばらく言葉《ことば》が出《で》てこなくて、ぽかんと口《くち》を開《あ》けていた。

課長《かちょう》も見《み》えてなくても、俺《おれ》のリアクションを察《さっ》したみたいで、ため息《いき》をついて言《い》った。

「おれも開《あ》いた口《くち》がふさがらなかったし、何《なに》かの間違《まちが》いじゃないかと思《おも》った。いや、むしろ間違《まちが》いであってほしかったけどな」

「……堀川本人《ほりかわほんにん》が、それを話《はな》したんですか？　総務《そうむ》の子《こ》を追《お》いかけて、って……」

「さすがにそれはな。ただ、足《あし》くじいて階段《かいだん》でうずくまってヒーヒー言《い》いながら、必死《ひっし》で逃《に》げた女子社員《じょししゃいん》に電話《でんわ》しようとしてるアホを、たまたま通《とお》りかかって見《み》つけたのが、総務《そうむ》の別《べつ》の社員《しゃいん》でな」

その堀川《ほりかわ》を見《み》つけた総務《そうむ》の社員《しゃいん》は、女子社員《じょししゃいん》が、堀川《ほりかわ》に言《い》い寄《よ》られて困《こま》ってる、彼氏《かれし》がいると言《い》ってるのになかなかあきらめてくれない、ってぼやいてたのを、知《し》ってたらしかった。それで、これは何《なに》かあったと気《き》がついて、女子社員《じょししゃいん》に連絡《れんらく》して事情《じじょう》を訊《き》いて、実《じつ》は堀川《ほりかわ》から逃《に》げているところだとわかったと——課長《かちょう》は、そう話《はな》した。

「……あのヤロー……」

俺《おれ》のこと、さんざん未練《みれん》がましいってからかったあげく、「オレなんかは、あーもうコレ無理《むり》かなーってなったら、わりとスパッとあきらめちゃうし」とか言《い》ってたのは、どこのどいつだよ。あれ、今日《きょう》の昼《ひる》の話《はなし》だぞ。

「な？　アホだろ？」

課長《かちょう》の声《こえ》も、すっかりあきれ果《は》ててる。

「うちは別《べつ》に社内恋愛禁止《しゃないれんあいきんし》ってわけじゃないが、さすがにこれは問題《もんだい》だ。足《あし》のケガがなくても、出張《しゅっちょう》に行《い》かせてる場合《ばあい》じゃない」

「……で、俺《おれ》が代理《だいり》ですか……」

「おまえなら、関西支社《かんさいししゃ》の案件《あんけん》もわかってるし、今回《こんかい》まわる予定《よてい》の京都《きょうと》と神戸《こうべ》のほうも、前《まえ》に顔出《かおだ》したことあるだろ」

「ありますけど……」

俺《おれ》は目《め》の前《まえ》の、咲《さ》いたばかりの花《はな》を見《み》た。

三泊四日《さんぱくよっか》の出張《しゅっちょう》。中《なか》の二日《ふつか》は、完全《かんぜん》に水《みず》やりができない。

「……あの、四日《よっか》もかかりますかね？」

「ん？　いや、まわるだけなら三日《みっか》もあればいいかもしれんが、関西支社《かんさいししゃ》の会議《かいぎ》が金曜日《きんようび》なんだ。それに出《で》てもらわんと」

「あー、会議《かいぎ》……」

さすがに言《い》えない。「クレマチスに水《みず》をやりたいので、せめて木曜日《もくようび》には帰《かえ》りたいんですが」とは。

「……えーと、じゃあ、これから準備《じゅんび》しますんで……」

「悪《わる》いな。堀川《ほりかわ》のアホは、おれがきっちりシメとくから」

「あいつ恋愛《れんあい》に関《かん》して、自分《じぶん》は無理《むり》ならスパッとあきらめるとか言《い》ってたんで、追加《ついか》でシメといてください」

「ほんとか？　言行不一致《げんこうふいっち》の見本《みほん》だな。わかった、まかせとけ」

課長《かちょう》がますますあきれた様子《ようす》で言《い》った。これなら本当《ほんとう》に、きっちりシメてもらえそうだ。

それじゃあ明日《あした》、と電話《でんわ》を切《き》って——俺《おれ》はあらためて、頭《あたま》を抱《かか》えた。

火曜日《かようび》から金曜日《きんようび》までの出張《しゅっちょう》。火曜《かよう》は出勤前《しゅっきんまえ》に、金曜《きんよう》は帰《かえ》ってからすぐに、多《おお》めに水《みず》をやるとして、水曜木曜《すいようもくよう》はどうするか。

……まぁ、この時季《じき》なら、まだそこまで気《き》を遣《つか》わなくても大丈夫《だいじょうぶ》か……？

手《て》にしてたスマホで、そのまま今週《こんしゅう》の天気《てんき》を確認《かくにん》する。

「……」

いかん。よりによって、気温高《きおんたか》めで湿度低《しつどひく》めだ。これは土《つち》が乾《かわ》く。

俺《おれ》はベランダにしゃがんだまま、クレマチスを見上《みあ》げた。

この鉢植《はちう》えが、たとえば片手《かたて》で持《も》てる程度《ていど》のものだったら、会社《かいしゃ》の誰《だれ》かにあずけること
もできたかもしれない。

けど、このクレマチスは、鉢《はち》の底《そこ》からツルをからませる支柱《しちゅう》のてっぺんまで、高《たか》さが百《ひゃく》
五十《ごじっ》センチ近《ちか》くある。気軽《きがる》に人《ひと》に頼《たの》める大《おお》きさじゃない。

実《じっ》は元《もと》カノも、自分《じぶん》で買《か》っておきながら、成長《せいちょう》するにつれてこの大《おお》きさを持《も》て余《あま》して、
別《わか》れるときに俺《おれ》に押《お》しつけてったんだ。

……仕方《しかた》ないよな。

クレマチスには二日半《ふつかはん》、ガマンしてもらうしかない。

そう思《おも》って軽《かる》く息《いき》をついたとき、ベランダの隅《すみ》で何《なに》か動《うご》いた。

「お花《はな》きれいーー!」

「きれいですね……」

「ククク……大輪《たいりん》の花《はな》の華《はな》やかさは悪《あく》の眷属《けんぞく》にふさわしい……(花《はな》が大《おお》きくてとってもき

れいだなぁ）」

「……」

俺《おれ》は、たぶん——さっき課長《かちょう》から堀川《ほりかわ》のなさけない話《はなし》を聞《き》かされたときと、同《おな》じ表情《ひょうじょう》をしてたと思《おも》う。

クレマチスの鉢《はち》をはさんだ反対側《はんたいがわ》に、大《おお》きいペンギンと小《ちい》さいペンギンと、白《しろ》くて丸《まる》い小鳥《ことり》がいて。

いるだけじゃなく、どうやら俺《おれ》にも理解《りかい》できる言語《げんご》をしゃべっていて。

しかも楽《たの》しそうに、咲《さ》いたばかりのクレマチスをながめていて。

……俺《おれ》、どっかおかしくなったかな。

呆然《ぼうぜん》としてたら、小《ちい》さいペンギンがひょこっと顔《かお》をこっちに向《む》けて、羽《はね》をパタパタさせた。

「毎日《まいにち》お花《はな》をお世話《せわ》しててえらい！」

「……アリガトウゴザイマス」

思《おも》わず返事《へんじ》をしてしまった。いや、大丈夫《だいじょうぶ》か、俺《おれ》。

「フン……ここまで育《そだ》て上《あ》げるとは、貴様《きさま》、なかなかやるな（きちんと世話《せわ》ができてすごいなぁ）」

「あ、はい、ドーモ……」

小鳥《ことり》とまで会話《かいわ》してしまった。……俺《おれ》、明日出張《あしたしゅっちょう》行《い》けるかな。熱《ねつ》があったりして。

自分《じぶん》のおでこを触《さわ》ってたら、大《おお》きいペンギンが羽《はね》の先《さき》でちょいちょいとツルをつつきながら言《い》った。

「この花《はな》は、クレマチスというのですか？」

「……ソーデス。よくご存《ぞん》じで……」

熱《ねつ》はない。じゃあ夢《ゆめ》かな。夢《ゆめ》なら課長《かちょう》の電話《でんわ》も夢《ゆめ》かな。

「やはりクレマチスなんですね。おそらくこれはクレマチスではないかと、教《おし》えていただきました」

「え、誰《だれ》に」

「それは……」

「――あれー？　どこ行《い》ったのー？　アイス出《だ》したよー」

「アイスたびるー！」

ベランダの仕切《しき》り板《いた》の向《む》こうから、若《わか》い女性《じょせい》らしき声《こえ》がして、小《ちい》さいペンギンが、ぴょんと飛《と》びはねた。……となり、女《おんな》の人《ひと》が住《す》んでたのか。いや、まさか、いまのもペンギンだったりして。

「あれ？　そっち？　また花見《はなみ》てるの？」

声《こえ》が近《ちか》づいてきて、仕切《しき》り板《いた》の外側《そとがわ》から、顔《かお》が出《で》てきた。……よかった。人間《にんげん》だった。人間《にんげん》の、若《わか》い――たぶん、俺《おれ》と年《とし》が同《おな》じか、少《すこ》し下《した》ぐらいの女性《じょせい》が、首《くび》から上《うえ》だけベランダの外《そと》に出《だ》して、こっちをのぞいた。

「今日《きょう》はソーダのアイス……うえっ⁉」

……すごい声《こえ》で驚《おどろ》かれてしまった。

「あっ、す、すいません。いらっしゃると思《おも》わなくて……」

「いえ。……三〇五《さんまるご》号室《ごうしつ》の方《かた》ですか？」

「そ、そうです。三〇五《さんまるご》の横山《よこやま》ノゾミです」

仕切《しき》り板《いた》に半分隠《はんぶんかく》れたまま、横山《よこやま》さんというらしい隣人《りんじん》は、うなずくみたいに何度《なんど》も頭《あたま》を下《さ》げる。

「三〇四《さんまるよん》の藤沢《ふじさわ》ヒロキです。はじめまして。……あのー、このマンション、たしかペット不可《ふか》だったはずですけど……」

「えっ!?　あっ、違《ちが》います。その子《こ》たちはペットじゃないんです！　ペットじゃなくて、何《なん》ていうか……」

横山《よこやま》さんがおろおろしてると、大《おお》きいペンギンが、ぺたぺたと仕切《しき》り板《いた》のほうに歩《ある》き出《だ》した。

「アイスいただきましょうか」

「アイスー！」

「我《われ》もー！」

ぺたぺた歩《ある》いて――まるで仕切《しき》り板《いた》を通《とお》り抜《ぬ》けたかのように、スッと姿《すがた》が消《き》える。

小《ちい》さいペンギンと小鳥《ことり》も、同《おな》じように仕切《しき》り板《いた》に吸《す》いこまれた。

「テーブルにありますね」

「とけちゃうとけちゃうー！」

声《こえ》は、仕切《しき》り板《いた》の向《む》こう側《がわ》から聞《き》こえた。……リアルなペンギンは、壁抜《かべぬ》けとか、できないはず。

横山《よこやま》さんは、心底困《しんそここま》った表情《ひょうじょう》をしてた。

「ペットじゃないんです……」

「……みたいですね……」

とりあえず、俺《おれ》だけに見《み》えてた幻《まぼろし》じゃないってことだけは、わかった。

「……前《まえ》に、すごく落《お》ちこむことがあって……そのとき、あの小《ちい》さいペンギンの子《こ》が出《で》てきて、なぐさめてくれたんです」

仕切《しき》り板《いた》をはさんで、俺《おれ》はベランダの隅《すみ》で、横山《よこやま》さんの話《はなし》を聞《き》いていた。

「びっくりしますよね。部屋《へや》の中《なか》にペンギンがいるんですから。でも、そのときのわたしは、落《お》ちこみすぎてて、不思議《ふしぎ》だとも思《おも》わなくて。……なぐさめられて、それで何《なん》だか気《き》が楽《らく》になって、一緒《いっしょ》にアイス食《た》べたんですよ。そうしたら、それからもときどき出《で》てくるようになって、いつのまにか仲間《なかま》も増《ふ》えちゃって……」

横山《よこやま》さんは首《くび》をすくめて、ちょっと笑《わら》った。笑《わら》うとふにゃって感《かん》じに目尻《めじり》が下《さ》がって、何《なん》か、かわいい。

「そのうちにあの子《こ》たちが、おとなりにきれいな花《はな》があるって言《い》い出《だ》したんです。それで藤沢《ふじさわ》さんちのベランダに、クレマチスの鉢植《はちう》えがあるのを知《し》って」

「……これがクレマチスっていう花《はな》だって、知《し》ってたんですね」

「あ、はい。母《はは》の趣味《しゅみ》がガーデニングなんです。わたしはプランターでミニトマトを育《そだ》てる程度《ていど》ですけど」

「え、いま育《そだ》ててるんですか？」

「はい、ここで」

横山《よこやま》さんは、自分《じぶん》の側《がわ》のベランダを指《ゆび》さした。

その瞬間《しゅんかん》——頭《あたま》の中《なか》が、ぱっと晴《は》れたような気《き》がした。

「よっ、横山《よこやま》さん！」

「はい？」

突然《とつぜん》身《み》を乗《の》り出《だ》した俺《おれ》に、横山《よこやま》さんは目《め》を丸《まる》くする。

「あの、明日《あした》から金曜《きんよう》まで、このクレマチス、あずかってもらえませんか？」

「え？」

「急《きゅう》に出張《しゅっちょう》が決《き》まったんです。でも、一日一回《いちにちいっかい》、水《みず》をやらなきゃいけなくて」

「……ああ、花《はな》が咲《さ》いたら、水《みず》が必要《ひつよう》ですもんね」

横山《よこやま》さんはまた、ニコッと笑《わら》った。

「いいですよ。それじゃ、いまから持《も》ってこられます？」

「……あ、ありがとうございます！」

「大《おお》きいから、玄関《げんかん》からじゃないと入《はい》らないですよね。いま開《あ》けますね」

「も、持《も》っていきます」

いともあっさりと――OK《オーケー》してもらえてしまった。

全高百五十《ぜんこうひゃくごじっ》センチの鉢《はち》は、久々《ひさびさ》に持《も》ち上《あ》げると重《おも》くて、これを女性《じょせい》に運《はこ》ばせるのは無理《むり》だから、玄関先《げんかんさき》に置《お》かせてもらうしかないかと思《おも》ったら、横山《よこやま》さんは、どうぞベランダに運《はこ》んでくださいって、普通《ふつう》に部屋《へや》に上《あ》げてくれた。

同《おな》じ間取《まど》りなのに、殺風景《さっぷうけい》な俺《おれ》の部屋《へや》とは全然違《ぜんぜんちが》う、かわいい小物《こもの》にあふれたリビングでは、さっきのペンギンたちが――いや、さっきはペンギン二羽《にわ》と小鳥一羽《ことりいちわ》だったはずだけど、明《あき》らかに種類《しゅるい》の違《ちが》うペンギンが一羽《いちわ》と、なぜかシロクマも一頭追加《いっとうついか》されて、みんなでローテーブルを囲《かこ》んでアイスをなめてた。

横山《よこやま》さん曰《いわ》く、これで全員集合《ぜんいんしゅうごう》、らしい。

のんびりニコニコとアイスを食《た》べるペンギンたちを見《み》てたら、それが何者《なにもの》なのかとか、考《かんが》える必要《ひつよう》もない気《き》がしてきて、俺《おれ》はクレマチスの鉢《はち》をミニトマトのプランターのとなりに置《お》いて、横山《よこやま》さんの部屋《へや》をあとにした。


あの人《ひと》なら大丈夫《だいじょうぶ》だって思《おも》えたから、俺《おれ》は出張《しゅっちょう》のあいだ、クレマチスの心配《しんぱい》をまったくしなくてすんだ。

何《なに》かお礼《れい》しなきゃって考《かんが》えて、お土産《みやげ》に甘《あま》いものを買《か》った。二十個《にじっこ》入《い》りは、女性一人《じょせいひとり》にはちょっと多《おお》いかなって思《おも》ったけど、アイス食《た》べるペンギンやシロクマがいたら、二十個《にじっこ》ぐらい、あっというまだろう。

四日間《よっかかん》の出張《しゅっちょう》を終《お》えて、先《さき》に会社《かいしゃ》に寄《よ》って報告《ほうこく》や引《ひ》き継《つ》ぎをしてから、夜《よる》になって家《いえ》に帰《かえ》った。荷物《にもつ》を置《お》いて、お土産《みやげ》の袋《ふくろ》を持《も》って横山《よこやま》さんの部屋《へや》を訪《たず》ねる。

チャイムを押《お》して、藤沢《ふじさわ》ですって名乗《なの》ったら、横山《よこやま》さんはすぐにドアを開《あ》けて玄関《げんかん》から出《で》てきた。

「こんばんはー。おかえりなさい。出張《しゅっちょう》お疲《つか》れ様《さま》です」

「あ、どうも。いま帰《かえ》りました。……あの、これ、お土産《みやげ》です」

「え？　あっ、やった、生八ッ橋《なまやはし》！　大好《だいす》きです。ありがとうございますー」

横山《よこやま》さんが紙袋《かみぶくろ》の中《なか》をのぞいてニコニコしたそのとき、何《なに》やら玄関先《げんかんさき》に、ソースのいいにおいがした。

「……あ、もしかして晩《ばん》ごはん中《ちゅう》でした？　すいません。クレマチスはあとで引《ひ》き取《と》りにきましょうか」

「いえいえ、大丈夫《だいじょうぶ》ですよ。――よかったら、藤沢《ふじさわ》さんも食《た》べていきます？」

「は？」

「いま、みんなでたこ焼《や》きパーティーしてるんです」

「……」

みんな、とは。

どうぞどうぞと、笑顔《えがお》で招《まね》かれるまま部屋《へや》に上《あ》がらせてもらうと、やっぱりっていうか何《なん》ていうか、ペンギンとシロクマ、小鳥《ことり》たちがそろって、ローテーブルを囲《かこ》んでいた。

テーブルの上《うえ》には、たこ焼《や》き器《き》。

「……もしかして、横山《よこやま》さん、関西出身《かんさいしゅっしん》ですか？」

「いえ、生《う》まれも育《そだ》ちも関東《かんとう》です。――みんなー、藤沢《ふじさわ》さんに生八ッ橋《なまやはし》いただいたから、デザートに食《た》べようねー」

「八《や》ツ橋《はし》ー！」

「その前《まえ》にたこ焼《や》きだ。早《はや》く食《く》え、冷《さ》めちまうぞ。お、あんたも食《く》ってくか？」

ちょっと目《め》つきの悪《わる》いペンギンが、器用《きよう》な手《て》つきでたこ焼《や》きを引《ひ》っくり返《かえ》しつつ、俺《おれ》を見上《みあ》げた。

関西《かんさい》にいるあいだ、時間《じかん》が空《あ》いたときに調《しら》べてみたところ、俺《おれ》がベランダで見《み》た大《おお》きいペンギンはコウテイペンギンで、小《ちい》さいペンギンは同《おな》じコウテイペンギンの子供《こども》、白《しろ》くて丸《まる》い小鳥《ことり》は、シマエナガっていう北海道《ほっかいどう》の鳥《とり》だとわかった。

そして、いま、たこ焼《や》きを見事《みごと》な手《て》さばき、いや羽《はね》さばきで焼《や》いてるのが、アデリーペンギン。さらにシロクマまでいるとなると、北極《ほっきょく》やら南極《なんきょく》やら、場所《ばしょ》は違《ちが》えど寒《さむ》いところに住《す》む動物大集合《どうぶつだいしゅうごう》、ってことのようだ。

「ここが空《あ》いているよ」

俺《おれ》がぼんやり突《つ》っ立《た》ってたら、シロクマがもぞもぞと動《うご》いて、場所《ばしょ》を空《あ》けてくれた。

そのあいだにキッチンに行《い》ってた横山《よこやま》さんが、割《わ》り箸《ばし》と小皿《こざら》を持《も》って戻《もど》ってくる。

「あっ、どうぞ、座《すわ》ってください。ビールとか飲《の》みます？　それともお茶《ちゃ》で？」

「あ……俺《おれ》、下戸《げこ》なんで……」

「じゃ、お茶《ちゃ》ですね」

……クレマチス引《ひ》き取《と》るだけのつもりが、たこ焼《や》きパーティー参加《さんか》になってしまった。

ローテーブルにはたこ焼《や》きの他《ほか》に、ポテトサラダやカブの浅漬《あさづ》けもある。

俺《おれ》が空《あ》けてもらった場所《ばしょ》に腰《こし》を下《お》ろすと、テーブルの角《かど》をはさんでとなりに、横山《よこやま》さんも座《すわ》った。

「ポテサラ、こっちにもくれる？　あ、もうこのへん焼《や》けてるね。取《と》ろうか」

「たこ焼《や》きあつあつー！」

「おう、ヤケドしないように気《き》をつけろよ」

「わたしにもポテトサラダをもう少《すこ》しください……」

晩《ばん》メシは、カップ麺《めん》か冷凍《れいとう》パスタで簡単《かんたん》にすませようと思《おも》ってたのに、まさかの熱々《あつあつ》のたこ焼《や》きだ。

「……でも、藤沢《ふじさわ》さん、関西《かんさい》に行《い》ってたんですよね。そっちでもたこ焼《や》き……」

「いやいや、あんまり関西《かんさい》らしいもの食《く》えなかったんで、よかったですよ」

そういえば意外《いがい》とスケジュール詰《つ》まってて、関西《かんさい》を満喫《まんきつ》する余裕《よゆう》はなかった。

俺《おれ》は小皿《こざら》に取《と》ってもらったたこ焼《や》きに、ソースとかつおぶしをかける。

「しかし関東出身《かんとうしゅっしん》でたこ焼《や》き器《き》持《も》ってるって、珍《めずら》しいですね。好物《こうぶつ》なんですか？」

何《なん》の気《き》なしに訊《き》いてしまったんだけど。

ヤケド
しないように
気《き》をつけろよ

たこ焼《や》き
あつあつー!!

訊《き》いたとたんに、横山《よこやま》さんの動《うご》きがぴたっと止《と》まった。

「え？　どうかしましたか？」

「……や、あのー……実《じつ》は、昔付《むかしつ》き合《あ》ってた人《ひと》が、大阪出身《おおさかしゅっしん》で……」

「あ」

元《もと》カレのための、たこ焼《や》き器《き》――ってことか。

「わたしの家《いえ》でもたこ焼《や》き食《た》べたいって言《い》うから、これ買《か》ったんですけど……そのわりに、わたしが焼《や》くと下手《へた》だ下手《へた》だって、もうさんざんで」

「……わざわざ買《か》わせて文句《もんく》言《い》うなら、自分《じぶん》で作《つく》ればいいんじゃないの、その彼氏《かれし》」

「自分《じぶん》では作《つく》らなかったですね、頑《がん》として。……で、もういやになっちゃって」

「別《わか》れた？」

横山《よこやま》さんは箸《はし》を持《も》ってうつむいたまま、きまり悪《わる》そうにうなずいた。

「変《へん》ですよね。別《わか》れた原因《げんいん》のたこ焼《や》き器《き》を、まだ使《つか》ってるなんて」

「えっ？　いや、そんなことは……」

首《くび》を横《よこ》に振《ふ》りながら、俺《おれ》は、あれ？　と思《おも》う。

これは、もしかして――

「職《しょく》場《ば》の人《ひと》とかにも、たこ焼《や》きなら自《じ》分《ぶん》で作《つく》らなくても外《そと》で買《か》えるのにーとか、次《つぎ》も大阪《おおさか》出身《しゅっしん》の人《ひと》と付《つ》き合《あ》う当《あ》てでもあるのー？　とか、いろいろ言《い》われたんですけど……何《なん》か、せっかく買《か》ったのにって考《かんが》えちゃって……」

「……まぁ、たこ焼《や》き器《き》が悪《わる》いわけじゃないですしね」

「そう！　そうなんです」

横山《よこやま》さんが勢《いきお》いよく顔《かお》を上《あ》げて、俺《おれ》を見《み》た。

「たしかに下手《へた》でしたけど、何度《なんど》かやってみたら、それなりに作《つく》れるようになってきましたし、ちゃんと作《つく》れれば、友達《ともだち》呼《よ》んでたこ焼《や》きパーティーもいいかなって思《おも》って……これはもう、元《もと》カレとか全然《ぜんぜん》関係《かんけい》なく！」

横山《よこやま》さんは、箸《はし》を握《にぎ》りしめて力説《りきせつ》していた。

……やっぱり、そうか。

横山《よこやま》さんも、「元《もと》カレのために買《か》ったたこ焼《や》き器《き》を使《つか》い続《つづ》けてるのは、元《もと》カレに未練《みれん》があるから」だと思《おも》われてきたんだ。

「……このたこ焼《や》き器《き》、どれぐらい使《つか》ってるんですか」

「えー……っと、四年《よねん》……三年半《さんねんはん》、です」

横山《よこやま》さんは、握《にぎ》っていたこぶしを開《ひら》いて、指折《ゆびお》り数《かぞ》える。

「けっこう使《つか》ってるんですね」

「さすがに仕事《しごと》が忙《いそが》しい時期《じき》は、たこ焼《や》きどころじゃないので、実際《じっさい》に使《つか》ってるのは年《ねん》に五《ご》、六回《ろっかい》くらいなんです、実《じつ》は」

首《くび》をすくめて横山《よこやま》さんは、たこ焼《や》きを焼《や》きながら浅漬《あさづ》けをつまむ、アデリーペンギンに目《め》を向《む》けた。

「だから、また下手《へた》に戻《もど》っちゃって。最近《さいきん》は、アデリーさんにまかせっぱなしです。アデリーさん、料理《りょうり》すっごく上手《じょうず》なんですよ」

「はー、なるほど……」

たしかに、これぐらい手際《てぎわ》よく作《つく》ってくれる人《ひと》、いや、ペンギンがいるなら、たこ焼《や》き器《き》を捨《す》てるのも惜《お》しくなるだろう。

「ちなみに、俺《おれ》は、三年《さんねん》です」

「えっ？」

「あのクレマチス、元《もと》カノが置《お》いてったんですよ」

「……」

横山《よこやま》さんは一瞬《いっしゅん》、ぽかんと口《くち》を開《あ》けて、それから、ああ——って言《い》った。

「あの鉢《はち》、元《もと》カノさんが……」

「買《か》ったのも育《そだ》てたのも元《もと》カノです。なのに別《わか》れるとき、あれだけ残《のこ》してって」

「どうりで……。オベリスクが、ちょっとメルヘンっぽいデザインだなって思《おも》ってたんです。元《もと》カノさんのチョイスなら、納得《なっとく》です」

「オベリスク？」

「ツルをからませてる支柱《しちゅう》ですよ。塔《とう》みたいな形《かたち》をしてるのをオベリスクっていうって、母《はは》から聞《き》いたことがあります」

「へー……知《し》らなかった」

たしかにあの支柱《しちゅう》も、元《もと》カノが立《た》てたものだ。そのときは、俺《おれ》は見《み》てただけ。

「藤沢《ふじさわ》さん、それからずっとクレマチス育《そだ》ててるんですね。元《もと》カノさんのかわりに」

「あー、まぁ……せっかく咲《さ》いてますからね。ほっとくわけにも……うん、未練《みれん》がましいって言《い》うやつもいますけどね」

「え、だって、花《はな》は生《い》きてますし！　見捨《みす》てないでちゃんと大事《だいじ》に育《そだ》ててるの、えらいですよ！」

またもこぶしを握《にぎ》って力説《りきせつ》する横山《よこやま》さんに、俺《おれ》は吹《ふ》き出《だ》しそうになった。

「……あの子《こ》と同《おな》じこと言《い》ってる」

「えっ？」

「その子《こ》。このあいだ言《い》われました。毎日《まいにち》お花《はな》をお世話《せわ》しててえらい！　って」

あつあつー！　って言《い》いながらたこ焼《や》きを食《た》べてる、小《ちい》さいペンギンを目《め》で示《しめ》すと、横《よこ》山《やま》さんは照《て》れくさそうに、ふにゃっと笑《わら》う。

「感化《かんか》されましたかねぇ」

「されたのかもしれませんねぇ」

けど、それは全然《ぜんぜん》悪《わる》いことじゃない。

「おう、兄《にい》さん、食《た》べてるか？」

アデリーさんとやらが、俺《おれ》の皿《さら》にたこ焼《や》きをどんどんのせていく。

「食《た》べてるよ。うまいよ。けど、これ、たこが入《はい》ってないみたいなんだけど」

「そいつはちくわ入《い》りだな」

「え？　あ、これ、ちくわか。えっ、そういうのもあんの？」

「次《つぎ》は何《なに》を入《い》れる？　チーズか？　ソーセージにするか？」

「……面白《おもしろ》いな、自宅《じたく》たこ焼《や》き……」

たこ焼《や》きを腹《はら》いっぱいごちそうになって、デザートに土産《みやげ》のはずの生八ッ橋《なまやつはし》まで一緒《いっしょ》に食《た》べてから、ようやく本来《ほんらい》の目的《もくてき》――クレマチスの鉢《はち》を引《ひ》き取《と》って、俺《おれ》は横山《よこやま》さんの部屋《へや》の玄関《げんかん》を出《で》た。

「どうも、ごちそうさまでした。花《はな》を世話《せわ》してもらったうえに、メシまで食《く》わしてもらって、かえってすいません」

「いえいえ。楽《たの》しかったです。よかったら、また来《き》てください。あの子《こ》たちと、今度《こんど》パンケーキ作《つく》る約束《やくそく》してるんです」

横山《よこやま》さんはニコニコしながら、手《て》で何《なに》かを重《かさ》ねるジェスチャーをした。……パンケーキもいいな。甘《あま》いものは嫌《きら》いじゃない。むしろ好《す》きなほう。

「はい、ぜひ呼《よ》んでください。楽《たの》しみにしてるんで」

うなずいて、それじゃあ――と言《い》いかけて。

俺《おれ》は、クレマチスの花《はな》が、またひとつ新《あたら》しく咲《さ》いてたのに気《き》がついた。

世話《せわ》を始《はじ》めて三年《さんねん》。どうにか毎年《まいとし》、花《はな》は咲《さ》く。

毎年咲《まいとしさ》くけど——それは去年《きょねん》と同《おな》じ花《はな》じゃない。この花《はな》は、今年《ことし》の新《あたら》しい花《はな》。

「……あの、横山《よこやま》さん」

「はい？」

「パンケーキも楽《たの》しみなんですけど、よかったら、近《ちか》いうちに、二人《ふたり》でどっか行《い》きませんか。その、メシでも食《く》いに」

横山《よこやま》さんは、一瞬《いっしゅん》、きょとんとして——それからペンギンみたいに、背筋《せすじ》をピンと伸《の》ばした。

「あっ、いっ、行《い》きます。行《い》きます！」

「……あ、じゃあ、休《やす》みの日《ひ》に……ゴールデンウィークとかでも」

「はい！」

横山《よこやま》さんの笑顔《えがお》に見送《みおく》られて、俺《おれ》はクレマチスを抱《かか》えて自分《じぶん》の部屋《へや》に戻《もど》った。

ベランダに鉢《はち》を置《お》いて、あらためて、新《あたら》しく咲《さ》いた花《はな》を見《み》る。

……捨《す》てなくてよかったんだよな。

笑《わら》われても、あきれられても。

こうして、新《あたら》しい出会《であ》いがあったんだから。

俺《おれ》はベランダから夜空《よぞら》を見上《みあ》げながら、一度《いちど》、うーんと腰《こし》を伸《の》ばした。もう、夜風《よかぜ》が冷《つめ》たい季節《きせつ》じゃない。

「……俺《おれ》もアイス買《か》っておこうかな」

そうしよう。

これから暑《あつ》くなる。

また、あのペンギンたちが、この花《はな》を見《み》にくるはずだから。

【おわり】

またねー
オラオラオラ

Shogakukan Junior Bunko

★小学館ジュニア文庫★

おはなし！ コウペンちゃん きみに会いにきたよ

2018年10月 3 日　初版第１刷発行

著者／深山くのえ
キャラクター原作・イラスト／るるてあ

発行人／立川義剛
編集人／吉田憲生
編集／楠元順子

発行所／株式会社　小学館
〒101-8001　東京都千代田区一ツ橋２－３－１
電話／編集　03-3230-5105
販売　03-5281-3555

印刷・製本／中央精版印刷株式会社

デザイン／小川みどり（Skip）

Printed in Japan　ISBN 978-4-09-231254-8